AF389258

4 heures et 52 minutes

À mes frères Philippe et Yves

I

François, Saint Pierre le 27 mai 15 h 23

François souleva la grille de fer qui protégeait la porte et la vitrine du local de son association. Elle avait été installée par le père d'un sympathisant après le deuxième raid des antifascistes, mais le repaire des *loups de Saint Pierre* méritait-il d'être ainsi barricadé ? Il ne contenait rien de précieux, si ce n'est quelques chaises dépareillées, deux tables et un comptoir où était posée une pompe à bière.

François était tendu, effrayé. Pendant un an il avait âprement discuté avec ses camarades des détails de *l'opération*, comme ils l'appelaient. Ils l'avaient rêvée, analysée, décortiquée en séquences, ils avaient mis au point avec minutie un scenario, mais maintenant il fallait traverser l'écran du fantasme et accéder au réel ; or cette irruption dans le monde matériel n'allait pas de soi, contrairement à ce qu'ils s'étaient imaginés. François n'avait guère dormi la nuit précédente, il s'était tourné et retourné dans son lit en se demandant : « Vais-je vraiment le faire ? ». Il avait passé en revue les multiples arguments qu'ils avaient échangés au départ du projet avant de l'adopter et sur le matin il était à nouveau convaincu. Quand il s'était levé, il se croyait, déterminé, sûr de lui, mais de nouveau les doutes l'assaillaient. Il ne pouvait pas évoquer ses réticences avec ses camarades, discuter du bien-fondé de *l'opération*, tant celle-ci était implantée dans l'imaginaire des *loups de Saint Pierre* et était la clé de voûte de leur association. De toute façon, François n'aurait pas assez de courage pour conseiller à ses camarades d'arrêter leur dérive, pour avouer publiquement que depuis un an ils déraillaient. Il était leur chef et il devait les mener au combat, eux qui étaient englués dans une terrifiante illusion collective. Ils se prenaient pour les paladins d'une croisade implacable, pour l'avant-garde d'une cause sacrée qui les dépassait. Renoncer à elle était impossible.

Maussade, il entra dans le local sordide qui abritait leurs rêves démesurés. Pour se donner du courage, il regarda la vieille affiche accrochée sur le mur, derrière le comptoir. Elle représentait la France en sang recouverte par un croissant et une étoile et portant le slogan « Chassons-les avant qu'ils ne nous étouffent »

Un mois auparavant, ils avaient donné un peu de corps à leur fantasme guerrier, ils avaient l'un après l'autre juré allégeance à la France éternelle, l'équivalent à leurs yeux du serment de Koufra prêté par le Maréchal Leclerc et sa poignée d'hommes dans les sables de Libye lors d'une sombre période où le troisième Reich paraissait triomphant et la reconquête de Strasbourg, une perspective utopique. Quand le dernier, il avait prononcé les mots qu'ils rêvaient historiques, François avait ressenti les prodromes d'une exaltation sauvage et barbare. En même temps, il avait pensé à Léa, à ce succédané de sentiment amoureux, absurde et ironique qu'il ressentait. Il n'avait pu s'empêcher la veille d'évoquer devant elle cette cérémonie, qui avait tant d'importance dans son imaginaire et qu'elle ne pouvait ni comprendre ni admettre.

— Pourquoi ? lui avait-elle demandé en tapant du pied.

— Que veux-tu savoir ?

— À quoi va rimer ce serment stupide ? Des mots débiles, des phrases grotesques qui sur le fond n'auront aucune signification.

— Attends Léa. Notre engagement se traduira en actes concrets.

Elle s'était approchée de lui, son visage était à une main du sien. Il avait envie de l'embrasser, peut-être y songeait-elle également. Enfin, il se l'imaginait. En fait, il ne savait pas ce qu'elle pensait, mais elle continuait à le fréquenter, à lui parler, en dépit de ses provocations. De toute façon, rien ne pouvait naître entre eux ; ils ne pouvaient pas s'étreindre dans la France de 20... dans cette société fragmentée et désespérée, dans ce pays en lambeaux. Léa et François étaient attirés l'un par l'autre si tant est que ce groupe de mots ait un sens, mais ils restaient dans l'informulé, parce qu'ils connaissaient l'un et l'autre l'inanité de tout rapprochement.

Léa était musulmane. Quand elle se déplaçait dans le ghetto, elle portait sagement le voile, pour ne pas être ennuyée, parce qu'elle avait peur de son frère. Elle le laissait parfois tomber dans les zones Kouffars, lorsqu'elle était sûre que personne ne la dénoncerait.

François avait suivi les mêmes cours qu'elle pendant cinq ans. Il l'avait rapidement remarquée, mais sans oser l'aborder. Elle fit le premier pas la troisième année en lui demandant de lui prêter ses notes pour pallier une absence. Il hésita avant de lui tendre ses cours.

Par la suite, ils avaient échangé de temps à autre sur le temps, sur leurs professeurs, des paroles futiles et creuses qui n'étaient qu'un vague succédané de cette danse de séduction qui leur était interdite.

François avait peu à peu ressenti le désir de la provoquer, de la bousculer, peut-être pour rompre à la hache ces sentiments confus qui naissaient en lui. Un matin, n'y tenant plus, il lui avait imposé un exposé sur la régénération de la France qu'il appelait de ses vœux. Il avait été prudent dans le choix de ses mots, évitant toute insulte ou toute provocation malvenue, cependant il avait été clair sur ses objectifs. Elle l'avait écouté sans un mot, avant de s'en aller rejoindre, l'air accablé, sa place. Elle ne lui avait parlé à nouveau qu'une semaine plus tard :

— Pourquoi éprouves-tu autant de haine envers les descendants d'immigrés ? lui avait-elle demandé à brûle-pourpoint.

— Attends ! Il ne s'agit nullement de haine, mais d'autodéfense.

— Tu parles bien d'expulser une partie de la population française, non ? Si on ne qualifie pas tes propos de haineux, aucun discours ne l'est.

— Je veux juste libérer mon pays, lui rendre sa dignité.

— Ton pays n'est-il pas aussi le mien ?

Il n'avait pas osé lui répondre que non, l'inclure dans la population à rejeter à la mer. Ils s'étaient regardés en se plongeant chacun dans les pupilles de l'autre. Ce fut pour lui un moment magique, comme il en arrive peu dans la vie d'un homme, mais ce fragment hors du temps ne rimait à rien, car aucune relation ne pouvait se nouer entre eux. Elle était du fait de son origine, une ennemie, une étrangère, une extra-terrestre.

— Mes frères et mes cousins ne cessent de répéter qu'il faut imposer aux Kouffars l'Islam, conquérir la France par l'épée ou autres sornettes. Toi tu parles de remigration. Je suis lasse de cette violence verbale qui suinte de tous côtés ! avait-elle ajouté plaintivement.

Il eut un geste d'impuissance, l'affrontement était inéluctable, trop de sang avait déjà été versé, chaque camp fourbissait ses armes, organisait ses milices. Il suffisait d'une étincelle et *les loups de Saint Pierre* espéraient bientôt l'allumer.

François et Léa avaient fini leur scolarité, ils avaient passé leur ultime examen et étaient dans l'attente de ses résultats. Plus jamais ils ne s'assiéraient dans la même salle, plus jamais il ne jetterait de regards furtifs vers l'endroit où elle s'était installée. S'il n'avait pas programmé *l'opération*, il l'aurait peut-être revue une fois ou deux, lors de la consultation des résultats, lors de la remise des diplômes. Puis leur relation si particulière se serait dissipée dans les nimbes du passé, ils n'auraient plus eu de contacts. Bien entendu, il ne lui aurait fait pas d'avance, il ne lui aurait pas proposé de se revoir, parce qu'il était un descendant du peuple originel et qu'elle était une Arabe, une fille dont les ancêtres étaient venus d'au-delà des mers. Derrière la muraille de ses certitudes, ce constat le déprimait, mais il ne pouvait rien y changer. De toute façon, demain il serait peut-être mort, blessé ou en prison.

François se servit une bière à la pompe. Il songea avec amertume au diplôme sans valeur qu'il recevrait bientôt s'il survivait. Autrefois, il servait de sésame pour entrer sur le marché du travail, mais la France ne s'était jamais remise de la crise de la dette qui l'avait mise à genoux.

Brusquement, en quelques heures, on avait cessé de prêter au vieux pays de Napoléon et de Jeanne d'Arc sauf à des taux prohibitifs. Ni la Banque centrale européenne ni le FMI appelés à la rescousse n'avaient pu colmater les brèches.

Paris avait dû réduire en catastrophe son budget pour retrouver un équilibre financier précaire. Les salaires des fonctionnaires, les pensions de retraite, le RSA, les aides sociales furent amputés d'un tiers. Il y eut des grèves, des manifestations monstres avant que ne s'installent la résignation et l'apathie. Le PIB avait diminué d'un quart, l'euro avait été abandonné, les entreprises fermaient les unes après les autres, la France était entrée en anomie. Un gouvernement siégeait à Paris, un président était élu malgré une abstention massive, mais personne ne contrôlait plus rien. La police, démobilisée par les coupes budgétaires, laissait prospérer les zones de non-droit, aux mains des trafiquants de drogue ou des islamistes.

François était voué au chômage, quels que soient les efforts qu'il déploierait. Il avait poursuivi des études pour conserver le plus longtemps possible le statut d'étudiant, mais à 23 ans il avait épuisé le quota de cinq années de maigres bourses qui lui étaient allouées. Dans un mois, il serait plongé dans le monde hostile et sans espoir du travail, il n'aurait plus aucun revenu, il devrait attendre d'avoir atteint l'âge de 25 ans avant de percevoir ce qui subsistait encore du RSA.

François n'avait aucun avenir en France et cette constatation amère expliquait en partie sa dérive et *l'opération* qu'il avait mise au point avec *les loups de Saint Pierre*. Il n'était pas inculte. Il avait fait des études poussées, lisait nombre de magazines à la bibliothèque de l'université. Pourtant, son analyse économique et sociologique reposait sur un credo simpliste. Pour lui il suffisait que ceux qu'il qualifiait d'envahisseurs repassent les mers et quittent la France, pour que la situation de son pays s'améliore comme par magie.

Il entendit du bruit et tourna la tête, croyant qu'un de ses camarades l'avait rejoint. Il fut stupéfait de découvrir Léa. Elle portait une longue robe noire, une abaya islamique. Elle enleva prestement le foulard noir qui recouvrait ses cheveux.

— Que fais-tu là ? lui demanda-t-il hostile.

Il redoutait que ses amis n'arrivent et ne la voient.

— La dernière fois où nous nous sommes vus, tu m'as avoué que, sans doute, tu ne serais pas à l'annonce de résultats, que tu avais un rendez-vous important le 27 mai, c'est-à-dire aujourd'hui. Je guette depuis ce matin devant la porte de ton local. Je viens seulement de trouver le courage d'entrer.

Il s'en voulut de lui avoir fait ces bribes de confidences. Jamais il n'aurait dû laisser filtrer des informations de cette importance. Était-il digne d'être le chef des *loups de Saint Pierre* ?

— Que veux-tu ?

— Que vas-tu faire François ?

— Mon devoir !

Elle tapa du pied, comme elle le faisait chaque fois qu'elle s'énervait et son visage reflétait une intense colère.

— Arrête de dire des conneries.

— Tu ne peux pas comprendre Léa.

— Ne fais pas le con, je t'en supplie !

— Fous le camp ! hurla-t-il, d'un ton plus violent qu'il ne l'aurait voulu.

— François je te connais, tu es un gentil garçon. Je ne sais pas ce que tu projettes, mais je redoute le pire ! Tout cela parce que toi et tes copains vous vous montez la tête. Vous avez perdu le sens des réalités.

Il ne pouvait que lui donner raison, mais c'était trop tard. Rien n'arrêterait *l'opération*.

Didier, un gros garçon placide qui travaillait au noir dans un garage arriva sur ces entrefaites.

— Qu'est-ce qu'elle fout là ? remarqua-t-il acide.

— Elle va partir !

Léa lui jeta un regard noir avant de tourner les talons et de s'enfuir en rajustant son hidjab

— Tu reçois des filles islamistes dans notre local maintenant ?

— Laisse tomber, lui répondit-il d'un ton sec. Elle n'en vaut pas la peine.

— Quand même, grommela Didier.

— Elle voulait me faire la morale, mais je l'ai renvoyée dans les cordes. Je te dis : laisse tomber.

Marc, Francis, Greg et Kevin entrèrent à leur tour. Heureusement, Didier ne les informa pas de la présence de Léa.

Marc aidait son père à tenir une épicerie qui vivotait, Francis n'avait aucune activité. Quand il n'assistait pas aux réunions *des loups de Saint Pierre* il s'immergeait dans des jeux vidéo pour oublier une réalité trop déprimante. On ignorait ce que faisait Greg de ses journées. Il était discret et taiseux et ne parlait jamais de lui. Kevin était encore étudiant, il était volubile et dragueur, mais ses conquêtes étaient rares

Ils n'étaient pas au complet, Paulo, Bastien, Luc et Noël les rejoindraient un peu plus tard. Marc sortit d'un sac de sport l'arsenal qu'il avait amené avec lui et posa les armes sur le comptoir.

— Deux fusils de chasse, trois revolvers, peu pour démarrer une révolution, grinça Didier

— Quand Paulo sera là, on aura aussi une Kala, c'est mieux que rien, soupira François.

Ils s'étaient cotisés pour se payer ce fusil-mitrailleur en puisant dans leurs maigres ressources. Il leur avait fallu plus d'un an pour réunir les fonds et ce long délai avait retardé d'autant *l'opération*.

— J'espère que l'achat de la kala n'aura pas mis la puce à l'oreille des dealers ! grogna Marc.

Ils s'étaient procuré l'arme auprès des revendeurs de drogue musulmans qui tenaient le quartier de la pléiade.

— Tu parles, ils s'en moquent. Ils pensent probablement qu'on veut commettre un hold-up.

Paulo fit son entrée avec Luc, il avait amené avec lui l'étui de son violon pour dissimuler le fusil-mitrailleur. Il faisait des études de droit sans être très assidu. De toute façon qu'il eut son diplôme ou pas, ne changerait rien à sa vie. Quant à Luc, il avait quitté l'école depuis la troisième et se livrait à d'obscurs trafics qui ne lui rapportaient guère.

— Tu t'es entraîné avec la kala comme je te l'ai demandé ? Tu l'as bien en main maintenant ? interrogea François.

Paulo était celui qui avait contribué le plus à l'achat de l'arme. Son père était médecin et lui versait une confortable allocation mensuelle. En retour, François lui avait confié le fusil-mitrailleur.

— Ouais, j'ai tiré dans les bois toute la soirée d'hier.

François avait assisté à l'une de ces séances de mitraillage, il trouvait que son camarade était malhabile. Mais il n'aurait pas fait mieux. Hélas, ils n'étaient que des amateurs.

Didier s'était approprié la pompe à bière et servait ses amis. Un gros tonneau avait été mis en perce en perspective de l'événement.

— Mollo sur la bière, avertit François.

Il ne tenait pas à ce que ses hommes fussent ivres, mais d'un autre côté ils étaient stressés et ils avaient besoin de l'alcool pour décompresser. Bastien arriva avec leur drapeau. Bastien avait fait des études poussées de microbiologie, il avait même un doctorat. Il travaillait quelques heures comme caissier dans un supermarché, n'ayant rien trouvé de mieux.

— Il ne reste plus que Noël à attendre, constata François. À 16 h 30 on y va même s'il n'est pas là.

Ils ne devaient pas être en retard pour ne pas rater la sortie des gosses. L'angoisse monta d'un coup et le submergea : non il n'allait pas commettre cette bêtise, ce n'était pas possible. Ses entrailles se tordirent et il eut du mal à reprendre le contrôle de lui-même.

Léa, repaire des loups de Saint Pierre, 16 h 15.

Léa hésitait. Et si elle téléphonait au commissariat ? À moins qu'elle s'y rende pour se montrer plus convaincante ? Mais que dirait-elle aux policiers ? Qu'elle soupçonnait un groupe d'identitaires blancs d'être sur le point de commettre un attentat ? Elle n'avait rien pour appuyer sa dénonciation, juste une impression dictée par son instinct ; les policiers refuseraient de faire la moindre vérification sur des bases aussi fragiles. De toute manière cela faisait dix-huit mois que les forces de l'ordre faisaient la grève du zèle, pour protester contre la suppression d'une grande partie de leurs primes. Ils n'allaient pas enquêter sur de simples soupçons. Et même s'ils le faisaient, ils réagiraient trop tard, le raid monté par François semblant imminent. En outre, elle répugnait à créer le moindre ennui à François. Elle ne serait pas celle qui le compromettrait. Elle s'en voulait : elle avait échoué à le convaincre, elle l'avait juste braqué contre elle ; pourtant elle en était persuadée : il suffirait de pas grand-chose pour qu'il renonce de lui-même à sa folie. En dépit de son refus sec, du fait de la colère infantile qui l'avait saisie, elle le croyait mal assuré, prêt à craquer. En même temps, une petite voix défaitiste lui soufflait qu'elle s'illusionnait, qu'elle prenait ses désirs pour la réalité, mais elle se refusait à l'écouter.

Elle ne voulait pas retourner tout de suite chez elle, surtout que son frère aîné Amir la sermonnerait pour son retard ; elle avait prétendu se rendre à un cours facultatif et supplémentaire et assuré qu'elle rentrerait en début d'après-midi. Amir régissait la famille, il usurpait la place du père plus tolérant pour réglementer la vie de ses deux sœurs. Il était furieux que Léa ait suivi des cours pour devenir ingénieure, trouvant que ce métier n'était pas fait pour une musulmane. Heureusement, la mère de Léa et d'Amir, qui d'habitude ne disait rien, soutenait mordicus sa fille et elle coupait court aux incessantes jérémiades de son fils ; elle approuvait le projet de sa cadette de chercher par la suite du travail dans les États du Golfe, de changer radicalement de vie puisqu'elle ne trouverait rien en France. Amir détestait le prénom de Léa, il le trouvait trop français, trop intégré, il avait essayé de la rebaptiser Fatima, mais personne ne l'avait suivi dans sa famille.

Léa surveillait le local des loups de Saint Pierre cachée derrière un bosquet. Elle envisageait de suivre ses occupants s'ils sortaient, pour appeler la police au cas où les choses déraperaient. Elle avait peur de se faire repérer, d'être incapable de se dissimuler, mais elle se raccrochait à l'idée naïve qu'elle interviendrait au bon moment pour empêcher le pire. Elle nourrissait toujours le même espoir, convaincre François de renoncer de lui-même à sa folie, le persuader de rester dans le droit chemin et lui éviter ainsi des ennuis avec la justice.

Elle sentait confusément qu'elle passait un cap, qu'elle se dévoilait trop ; pourtant elle ne qualifiait pas d'amour ce qu'elle ressentait pour ce garçon. À quoi bon remuer des rêves impossibles ? Elle ne pouvait pas l'emmener avec elle dans le Golfe. Parce que c'était inconcevable, inimaginable. Jamais il ne se convertirait, même du bout des lèvres. Pourquoi s'était-elle entichée d'un Kouffar et pire d'un Kouffar extrémiste qui ne rêvait que de l'expulser, elle et sa famille ? Tout cela n'avait aucun sens !

Léa n'était pas rassurée. Si Amir découvrait les libertés qu'elle s'était permises aujourd'hui, qu'elle était venue parler à un mécréant en retirant son foulard, il deviendrait fou, les coups pleuvraient. Il la battait parfois, pas souvent, de temps à autre, quand il ne se contrôlait plus, quand elle se montrait trop insolente. Elle s'efforçait d'ordinaire de ne pas protester contre la tyrannie de son aîné, mais parfois c'était plus fort qu'elle, elle se rebellait. Pourquoi était-il si borné, si têtu, si attaché aux préceptes de la religion que selon elle, il comprenait mal et qu'il interprétait à sa façon ?

Elle regarda sa montre, il était 16 h 22. Les choses allaient bientôt bouger. Les *Loups de Saint Pierre* semblaient au complet, prêts à commettre leur mauvais coup.

François, repaire des *loups de Saint Pierre*, 16 h 25

Noël poussa enfin la porte du local, salué par les cris de ses camarades.

— Te voilà enfin ! l'admonesta François, nous allions partir sans toi.

— Je t'avais dit que j'étais occupé jusqu'à 16 h. Je me suis éclipsé dès que j'ai pu et j'ai couru pour arriver à temps, répliqua essoufflé l'intéressé.

Noël était le seul de la bande à avoir décroché un travail régulier et à temps complet. Il travaillait comme radiologue dans un des cabinets de la ville.

— Bon on y va, ordonna le chef, en s'empara d'un des trois revolvers.

Marc plia le fusil de chasse pour le faire entrer dans une pochette en plastique dans l'espoir un peu vain de le dissimuler pendant la marche vers l'école maternelle des Pléiades.

Ils enfilèrent leurs cagoules avant de sortir en file indienne. Bien entendu, ils n'allaient pas effectuer l'opération à visage découvert. Bastien brandissait fièrement leur fanion cousu par la sœur de Marc, un bout de tissu rouge avec une carte blanche de la France posée sur un cœur bleu. Cet emblème avait donné lieu à maintes discussions avant de prendre sa forme définitive.

François cadenassa soigneusement la grille qui protégeait leur local, avant de donner le signal du départ. L'idée de renoncer, d'enjoindre à ses troupes de renoncer à leur projet traversa l'esprit de François, mais il la rejeta. C'était trop tard ! Il se sentit fébrile tout d'un coup : de la sueur coula dans son dos, une douleur vrilla dans sa tête et son ventre se serra. Il ne savait que trop qu'il était le seul responsable de ce qui allait se passer, les autres ne faisant que le suivre.

Le quartier qu'il traversait était encore mixte, mais bientôt ils entreraient dans le faubourg des Pléiades. Ils risquaient alors à tout moment d'être pris à partie. Ils avaient longtemps hésité entre les deux options. Fallait-il faire irruption en force en se regroupant ou s'infiltrer séparément et se réunir devant l'école ? La seconde solution semblait la plus prudente, mais ils avaient choisi par bravade la première. Ils n'avaient pu résister au désir de provoquer leurs adversaires en défilant ouvertement chez eux.

Amir, domicile des El Kalifi, 16 h 38

Amir était furieux contre sa sœur Fatima, ou plutôt Léa, puisqu'elle s'obstinait à porter ce nom de Kouffar. Elle l'avait eu avec son cours prétendument supplémentaire. Elle ne répondait pas à ses textos furieux. Mais elle ne perdait rien à attendre, il saurait la châtier pour son insolence. Son téléphone bipa, il pesta contre sa sœur en constatant que le sms ne venait pas d'elle, mais de Mounir, un de ses camarades.

« Des mécréants portant des cagoules ont pénétré dans notre quartier. »

Il tapa une réponse à toute vitesse.

« Combien sont-ils ? »

« Une dizaine »

« Ils sont armés ? »

« Aucune idée »

« Tu as prévenu Salah ? »

Salah était le responsable de leur bande.

« Ouais il ne m'a pas répondu, c'est pour cela que je me suis rabattu sur toi »

Aie. Son chef devait dormir ou être occupé.

« Qu'est-ce qu'on fait ? »

Bonne question ! Amir hésita. Il ne voulait pas se substituer à Salah par peur de ce dernier. Mais d'un autre côté, il se ferait attraper s'il ne réagissait pas.

« Continue à les surveiller. Je rassemble les gars »

Il envoya une quarantaine de textos fixant le point de rendez-vous devant la mosquée. Quand il eut contacté son dernier camarade, il prit le temps de réfléchir. Devaient-ils aller au contact ? Et si les Kouffars étaient armés ? Les affronter sans les kalachnikovs serait suicidaire. Seulement, en principe, seul Salah pouvait ordonner de sortir les fusils-mitrailleurs. Mais que faisait ce dernier ? Il essaya de lui téléphoner. La sonnerie retentit dans le vide. Salah avait sans doute fermé son téléphone.

« Ils se sont arrêtés devant l'école maternelle » le prévint Mounir.

« Merde ! »

Amir avait un mauvais pressentiment. Il fit une courte prière pour s'assurer de la protection divine avant d'ébaucher un plan d'action. Il enfila son blouson avant de courir jusqu'à la mosquée. Il laisserait un homme en arrière pour prévenir les retardataires et il emmènerait les autres à l'école. Il aviserait par la suite une fois arrivé sur place.

Léa, école maternelle de la pléiade. 16 h 44

Léa avait suivi de loin le groupe depuis qu'il avait quitté son repaire. Le sang battait ses tempes, elle était effrayée, désemparée, son esprit était en déroute, il ne surnageait dans sa conscience que le désir de maintenir un contact visuel avec le commando. Heureusement, aucun des identitaires ne jeta un regard en arrière et ne remarqua sa silhouette vêtue de noir. Jusqu'au bout, Léa se demanda quel était leur objectif. Elle ne comprit le but de leur expédition que lorsqu'ils se regroupèrent devant la porte d'entrée de l'école maternelle. Elle s'affola, envisagea une nouvelle fois de prévenir la police, avant d'abandonner cette idée pourtant logique. De toute façon, les forces de l'ordre y regarderaient à deux fois avant d'intervenir dans un quartier où ils ne rentraient plus depuis des lustres. Comme un papillon attiré par la lumière, elle se rapprocha des identitaires tout en serrant son hidjab sur la tête de peur que son ami ne la reconnaisse. Une vingtaine de mères d'élèves étaient présentes à la sortie des classes, attendant que la directrice ouvre la porte de l'établissement et leur permette d'aller chercher leurs enfants. Sidérées par l'irruption de la bande, elles ne réagirent pas dans un premier temps. Et quand elles eurent pris conscience de la menace, aucune ne songea à s'enfuir, incapables qu'elles étaient de s'éloigner de leurs petits. Une jeune femme plus courageuse que les autres ou plus irréfléchie se mit brusquement à invectiver les nouveaux venus :

— Foutez le camp ! Bande de clowns.

Pour toute réponse, les terroristes entamèrent une Marseillaise discordante avant de sortir leurs armes et de tirer une salve en l'air. Effrayées, les mamans poussèrent des cris stridents et s'agitèrent, en tout sens. Pourtant malgré le danger aucune ne s'éloigna de plus d'une dizaine de mètres des terroristes. Paulo ordonna aux femmes qui se trouvaient sur les marches de l'entrée.

— Vous, les quatre à gauche, avec vos serpillières sur la tête, vous allez entrer dans l'école avec nous, grinça-t-il en les menaçant avec son fusil-mitrailleur.

Il les avait choisies parce qu'elle étaient séparées des autres et plus faciles à désigner. Les malheureuses se consultèrent du regard, indécises et mortes de peur.

– Allez ! Ne m'obligez pas à tirer !

Elles obtempèrent à contrecoeur et accompagnèrent les garçons qui ouvrirent la porte de l'école et se faufilèrent dans l'établissement. Léa d'instinct suivit le cortège sans que personne ne la remarque et ne l'arrête. Les identitaires n'ayant pu faire de repérages ignoraient la disposition des salles. François ouvrit une porte au hasard et tomba sur une classe en train de ranger les jeux et les puzzles. C'était exactement ce qu'il cherchait. Leur irruption dans la pièce terrorisa les enfants. Ils se mirent à hurler et à pleurer tandis que leur maîtresse était pétrifiée. Elle restait debout, la bouche ouverte. François eut brièvement mal au cœur de leur imposer cette épreuve traumatisante, mais il le fallait pour que la France se relève.

– Comment vous appelez-vous ? demanda François à l'institutrice.

Il dut répéter sa question.

– … Élisabeth… Burynski, balbutia la jeune femme émotionnée.

– Calmez les enfants ! ordonna-t-il. Ils font trop de bruit.

Il n'ajouta pas pour la rassurer que tout allait bien se passer, parce que cela ne serait pas nécessairement le cas. François était sur le point de défaillir, il avait envie de vomir. Il y avait un monde entre ce qu'ils avaient rêvé et ce qui se passait réellement. Il se sentait ridicule, déphasé, il jouait une mauvaise pièce au scenario improbable et bâclé. Tout lui criait qu'ils n'étaient que des amateurs, que des clowns comme le leur avait asséné la jeune femme sur le perron de l'école, et que leur *opération* tournait à la farce.

Les petits continuaient à piailler, à s'agiter en tous sens. Ils étaient trop nombreux, plus de quarante. Ils n'avaient pas besoin d'autant d'otages et auraient du mal à les contrôler s'ils les gardaient tous. Il regarda les mères qu'ils avaient emmenées avec eux et remarqua soudain qu'elles étaient cinq et non quatre. En les dévisageant attentivement, il reconnut parmi elles Léa. Son cœur battit plus fort dans sa poitrine et curieusement son premier réflexe fut de jeter son revolver au sol et de clamer qu'il se retirait de cette mascarade, mais il se contint. La honte l'envahit, il ne supportait pas de montrer son vrai visage devant son amie. Pour fuir ce sentiment, il fut sur le point d'interpeller et de faire des reproches à Léa avant de se raviser. Comment expliquerait-il sa présence à ses camarades ? Comment leur apprendre qu'il fréquentait une Arabe même s'il ne s'était rien passé entre eux ? Ils étaient suffisamment sur les nerfs pour qu'il n'en rajoute pas.

L'institutrice s'efforçait de canaliser les gamins, de les regrouper autour d'elle et de les faire asseoir à ses pieds, mais peu lui obéissaient ; les cris perçants des petits énervaient d'autant plus les terroristes qu'ils étaient tendus, peu sûrs d'eux.

— Madame, choisissez trente de vos élèves, ordonna François à la professeure des écoles. Nous allons les faire sortir.

— Et … que, que, ferez-vous des autres, bégaya l'enseignante.

Elle était pâle, au bord des larmes.

— Cela dépendra des circonstances…

Si François et ses amis avaient travaillé leur entrée en matière, le reste était plus flou et manquait de précisions. Ils improviseraient.

— Je… ne ferai pas de tri…se braqua l'institutrice. Je ne….me prêterai pas à votre jeu. Il est trop… immonde.

— Vous m'obéirez sinon…

Puérilement, il arma la culasse de son revolver. Bien entendu, il serait incapable de tirer.

— Non, répéta, butée, l'enseignante.

François fut exaspéré par cette rébellion. Sans doute, devraient-ils se servir de leurs armes pour être enfin pris au sérieux, mais le faire impliquerait de basculer dans une autre dimension.

En colère, il entreprit de trier lui-même une trentaine de petits en choisissant de préférence les filles. Il leur prenait sans ménagement la main et les ramenait dans un coin sous la surveillance de Bastien et de Noël qui durent se montrer plus brutaux qu'ils ne l'auraient voulu pour les maintenir groupés. François fut brusquement interpellé par une des mères prises en otage.

— Sélectionnez le petit frisé avec un tee-shirt vert et un pantalon marron, je vous en supplie, implora-t-elle.

— Pourquoi ?

— C'est mon fils ! Vous allez les libérer n'est-ce pas ?

François fut désarmé par cette requête ne sachant comment y répondre. Devait-il se montrer inflexible ? Ou faire preuve d'une forme de mansuétude ? Pour finir, il accorda la faveur, peut-être parce que Léa le regardait. Mais il était mal à l'aise ; il avait droit de vie et de mort et il en usait. Quelque part cela l'effrayait.

Il ne compta pas le nombre de petits qu'il avait mis à l'écart ; quand il estima en avoir rassemblé assez, il ordonna à Léa en la vouvoyant :

— Vous, la jeune à droite en robe noire ! Emmenez ces enfants dehors !

Il voulait se débarrasser d'elle. Qu'elle s'en aille, qu'il puisse continuer son action sans avoir continuellement son regard clair posé sur lui.

— Je reste, protesta Léa en tapant du pied ; prend pour cette tâche l'institutrice ou une des mères, par exemple celle qui t'a signalé son fils.

Elle, elle l'avait tutoyé. Elle se refusait à jouer son jeu. Sa réponse désempara François. Son autorité était une nouvelle fois bafouée. Quel piètre preneur d'otages il faisait. Il connaissait suffisamment Léa pour savoir qu'elle s'obstinerait, que même en la menaçant elle ne changerait pas d'avis. Les pensées s'entrechoquèrent dans l'esprit de François. Il envisagea un instant des représailles envers son amie avant d'y renoncer. De toute façon, que pourrait-il bien lui infliger ? Il écarta celle dont il avait sauvé le fils estimant qu'il ne fallait pas accorder deux fois une faveur à la même famille, ainsi qu'une femme portant un niqab et dont les mains étaient gantées. Il choisit l'une des deux autres mamans au hasard et lui tendit plusieurs feuilles dactylographiées sorties d'une pochette qu'il avait emmenée avec lui.

— Sortez avec les enfants et donnez ces documents aux journalistes s'il y en a ou à ceux qui exercent une quelconque autorité dehors.

« *Nous donnons un mois aux musulmans pour quitter la France. Le 27 juin, ceux qui, en dépit de cet ultimatum, seront encore présents sur notre sol seront abattus à vue. Hommes, femmes, enfants, personne ne sera à l'abri de notre colère. Nous ne serons pas seuls, toute la France Blanche se lèvera pour nous assister et purifier notre pays. Nous exigeons que ce communiqué soit lu à l'antenne des principaux médias, sinon nous abattrons un otage par heure. Que les musulmans choisissent : la valise ou le cercueil.*

Ils avaient soigneusement pesé les mots de leur tract, préférant faire court plutôt que de délivrer un long pavé indigeste. Les mots « la valise ou le cercueil » s'étaient imposés, puisqu'ils étaient ceux du FLN lors de la guerre d'Algérie. Leur problème principal était de fixer un but à leur action : lire leur texte à l'antenne des télévisions, faire savoir à la France entière que des militants demandaient l'exode des musulmans hors du pays leur paraissait un objectif raisonnable et suffisant.

— Bon les gosses, allez-y.

Ils étaient excités, ils criaient. Bastien et Noël les contenaient avec peine. Ils tentèrent de les canaliser vers l'otage qui allait être libérée, en n'y réussissant que partiellement. Le gamin que sa mère avait désigné à François se précipita vers cette dernière et lui emprisonna les jambes.

— Détachez-le de vous et qu'il parte avec les autres, sinon il restera, menaça sèchement François.

La mère desserra l'emprise de son fils et lui prenant la main, le tira jusqu'à celle qui devait accompagner les enfants à l'extérieur et l'accrocha à sa robe. Marc ouvrit la porte et le petit groupe poussé par Bastien et Noël finit par s'en aller, non sans mal.

— Asseyez-vous sur les bancs ordonna François aux trois femmes qu'il gardait en otage ainsi qu'à Léa, l'institutrice, elle, étant chargée de s'occuper des enfants restants. Une partie délicate commençait à présent dont le scenario n'était pas écrit à l'avance.

Commissariat de Saint-Pierre, 17 h 15

Le commandant Baudouin entra l'air préoccupé chez le commissaire El Makrach.

— Nous avons reçu plusieurs appels signalant une prise d'otages à l'école maternelle des Pléiades. Au premier, j'ai cru à une blague de gamins, mais vu le nombre de coups de fil à ce sujet je pense qu'il s'y passe quelque chose.

— Aux Pléiades, aie…

Les policiers n'allaient plus dans ce quartier, ils en avaient été chassés par des émeutes.

— Qu'avez-vous comme éléments ? demanda le commissaire.

— Pas grand-chose, une dizaine d'hommes cagoulés se seraient introduits dans l'école. Je ne pense pas que c'était pour dire bonjour et repartir. Qu'est-ce qu'on fait ?

— Envoyez une patrouille. Qu'elle recueille le maximum de renseignements.

— Elle ne passera pas !

— Essayez quand même. Vu les circonstances, ils seront peut-être plus coulants.

— J'en doute. Au contraire, ils seront encore plus méfiants.

Il sortit cependant pour donner les ordres nécessaires. Le commissaire composa en pestant le numéro du sous-préfet

Amir, esplanade devant l'école des Pléiades, 17 h 20

Amir était arrivé depuis cinq minutes devant l'école. Il faisait le tour des mères présentes, pour essayer de se faire une idée de la situation. La petite place devant les marches était noire de monde, les classes qui n'avaient pas été prises en otages étant sorties les unes après les autres convoyées par leurs institutrices sans que les identitaires ne s'y opposent. Au lieu de se réfugier chez elles, les mères d'élèves restaient et discutaient entre elles, inconscientes du danger.

— On sort nos fumants ? proposa Mounir.

— Ouais, vas-y. Prend trois gars avec toi et ramène les.

Il commettait un acte de lèse-majesté et usurpait les prérogatives de son chef. Mais Salah n'était toujours pas joignable au grand désarroi d'Amir qui ne se sentait pas de taille à gérer seul la situation.

— Sitôt qu'on a les kalas, on attaque et on les défonce ? avança Béchir un de ses camarades.

— T'es dingue ! Ils ont des gosses avec eux.

La porte de l'école s'ouvrit à nouveau, laissant passer les petits otages libérés ainsi que la maman choisie pour les accompagner. Ils furent accueillis par des cris de joie et des youyous. Les mères des heureux élus se précipitèrent vers eux pour les serrer dans leurs bras.

— Ma fille, elle n'est pas là, se lamenta une femme.

— Le mien non plus…

Les clameurs devinrent assourdissantes.

— Un peu de silence, hurla Amir. Crier ne sert à rien

Mais il s'égosilla en vain. Renonçant à rétablir le calme il se dirigea alors vers l'otage libérée.

— Ma sœur, quel est le nombre de ces fumiers ?

La jeune femme était encore sur le choc, elle était blanche. Elle essaya de se redresser avant de bégayer :

— Je ne sais pas, huit ou neuf.

— Ils sont armés,

— Oui.

— Qu'ont-ils ? interrogea-t-il agacé par le laconisme de la réponse.

— … Au moins une kala…

— C'est tout

— Non,

— Alors quoi ?

Elle secoua la tête.

— Je ne sais plus, répéta-t-elle…Ils m'ont chargée de distribuer cela.

Elle lui tendit la poignée de tracts que François lui avait donnés. Amir les prit avec circonspection avant de les parcourir rapidement. Sa lecture finie, il jeta au sol les feuilles A4, ivre de dégoût.

— Fumiers de mécréants. On va les égorger ces Satans. Tu crois qu'ils sont sérieux ou que ce sont juste de gros mythos.

— …Aucune idée…

Il la laissa, renonçant à lui soutirer des renseignements plus cohérents. Il ferait une nouvelle tentative quand elle serait un peu remise de ses émotions, mais sans grand espoir d'obtenir des informations intéressantes.

Patrouille numéro 5, boulevard Jean-Jaurès 17 h 22

Le policier qui conduisait la voiture freina et s'arrêta à quelques mètres de la voiture renversée en travers de la chaussée. Son collègue descendit et s'approcha du petit groupe de jeunes qui tenaient la barricade.

— Bonjour, nous voudrions passer pour nous rendre à l'école des Pléiades.

— Hé bouffon, c'est barré. Tu ne vois pas ?

— Nous voudrions intervenir, sur la prise d'otages à la maternelle.

— Plus personne n'entre chez nous et surtout pas des valets des Blancs. On se protège.

— Nous sommes à vos côtés ! Laissez-nous passer sans nous mettre de bâtons dans les roues.

— Fichez le camp, avant qu'on s'énerve.

— Puis-je voir un de vos responsables ?

— Il n'aura rien à te dire de plus que moi, allez, casse-toi, mec !

Le jeune homme s'empara ostensiblement d'une pierre. Comprenant le message, le policier regagna sa place.

— Démarre et fais demi-tour ordonna-t-il à son coéquipier.

— On essaye de passer par la rue Durre ?

— Non ! Le quartier est en ébullition. Ils ne veulent pas de nous. Nous ne sommes pas assez payés pour risquer notre peau.

Il appela le central pour rendre compte de leur échec.

Commissariat de Saint-Pierre, 17 h 30

Baudouin retourna voir son supérieur.

— Les Pléiades sont bouclées. Nos hommes ne peuvent pas passer.

— La préfète va demander à l'Intérieur qu'on proclame l'état d'urgence à Saint Pierre.

Une loi permettait ainsi de placer grâce à un simple décret des fractions du territoire français sous régime particulier afin de mieux mobiliser les forces disponibles.

— Et après ?

Le commissaire eut un geste fataliste.

— Comment intervenir ? expliqua-t-il. Nous n'allons pas déclencher des émeutes qui se rajouteront à la prise d'otages.

De toute façon, ils n'avaient pas les effectifs suffisants. Beaucoup de gendarmes et de CRS faisaient la grève du zèle. Ils répugneraient à se lancer dans une guérillera urbaine où ils auraient à affronter non seulement des tirs de mortiers, mais où ils seraient également la cible d'armes de guerre. L'autorité de l'État était en pleine déliquescence.

— Nous n'allons donc rien faire ! soupira le commandant

Le commissaire hocha la tête, accablé. Ils étaient impuissants face à une situation qui les dépassait.

— On verra ce que décident Paris et la préfète. Pour ma part, je vais me rendre aux abords des Pléiades, demander à rencontrer un de leurs leaders et négocier pour qu'ils nous laissent intervenir. Avec un peu de chance, notre présence éviterait que cette affaire ne se termine en carnage.

— Avec qui voulez-vous discuter ? Ils ne sont pas organisés et centralisés, il existe au moins deux bandes antagonistes dans ce quartier.

— Je vais essayer quand même ! Je trouverai bien un interlocuteur.

Medhi Baskaff, esplanade devant l'école des Pléiades 17 h 33

Medhi Baskaff avait fait le plus vite qu'il avait pu le trajet depuis les locaux de son journal. Le quotidien local « La voix de l'Oustrélie » avait été prévenu de la prise d'otages par un appel de la sœur de Marc et l'avait aussitôt délégué. Il avait dû laisser sa voiture à l'extérieur du quartier et avait été contraint de parlementer à chaque barrage, ce qui l'avait considérablement retardé, mais pour finir il avait réussi à passer. Il était conscient d'avoir de la chance et de tenir un scoop. Vu l'effervescence qui régnait aux Pléiades, peu de médias pourraient déléguer un journaliste alors que lui serait en première ligne

Il avait interrogé brièvement plusieurs mères présentes sur l'esplanade, mais elles lui répondaient avec réticence quand elles ne refusaient pas de lui adresser la parole pour ne pas violer les règles de la charia. De toute façon, elles ne savaient rien de précis ou d'exploitable. Il avait plus de succès avec les hommes et grâce à l'un d'entre eux, il apprit l'existence des tracts jetés par terre par Amir. Il réussit à se procurer le dernier qui restait au sol. Quand il eut fini de le lire, il sortit son téléphone pour appeler son rédacteur en chef.

— Patron j'ai du lourd ! Les tarés qui ont pris des otages exigent qu'on lise un communiqué explosif à l'antenne de tous les médias sinon, chaque heure, ils exécutent un de leurs prisonniers.

— Et que demandent-ils de si extrême dans leur texte ?

— Ils somment tous les musulmans de quitter la France. Ils auraient jusqu'au 27 juin pour s'en aller. Après cette date ceux qui resteront seraient abattus à vue.

— Rien que cela ! En effet, ce sont de vrais malades. Bon je vais faire le tour des rédactions puisque grâce à toi nous sommes les seuls à avoir quelques informations à nous mettre sous la dent. En attendant tu vas répondre en direct à une interview de LCI. Leur reporter te rejoindra plus tard.

— Conseillez leur de faire sobre ! Pas de voiture, pas de caméras ou de moyens trop sophistiqués, juste un journaliste black ou rebeu. Sinon leur envoyé ne passera pas les barrages.

— Ok !

Il fut brièvement interrogé depuis le studio de la chaîne d'information. Il répondit le mieux qu'il put aux questions. Il hésita quelques instants avant de parler de l'ultimatum de François et de ses amis. Quand il eut fini, il se sentit mal à l'aise. Il venait de donner aux terroristes ce qu'ils cherchaient : de la publicité.

Léa, école des Pléiades, 17 h 40

Léa hésitait : devait-elle intervenir ? Apostropher François devant ses camarades ? Ou se réserver pour le cas où les choses tourneraient mal ? Elle ne voyait pas d'issue favorable à leur folle équipée. Les bandes musulmanes devaient cerner l'école, bientôt la police interviendrait. Que pouvaient espérer les identitaires ? Tôt ou tard, ils seraient mis au pied du mur et tentés de mettre leurs menaces à exécution. Léa redoutait ce moment où tout basculerait.

François école des Pléiades 17 h 41.

Les écouteurs rivés à ses oreilles, François consultait sur son smartphone les diverses chaînes d'information. Toutes parlaient d'eux, même si elles ne faisaient que recycler à l'infini le peu d'informations dont elles disposaient. Quand il se brancha sur LCI, il eut un sourire de triomphe : le présentateur avait repris à l'antenne leur principale revendication – que les musulmans quittent la France – tout en la présentant comme irréaliste. Il fut grisé : leur opération avait atteint son but principal. Ils avaient une dernière revendication à faire passer et ils essayeraient ensuite de se dégager.

Amir esplanade devant l'école des Pléiades 17 h 42.

Les armes étaient arrivées et Amir commença à les distribuer. Pourtant, il ne savait toujours pas comment réagir. Il n'était que le chef par défaut, la mauvaise doublure de Salah.

— On passe à l'attaque ? insista Béchir.

— T'es dingue, pour qu'ils tuent des gosses !

— Si nous faisons vite, ils n'auront pas le temps de se rendre compte de ce qu'il leur arrivera !

— C'est bien trop risqué. Ils doivent être sur leurs gardes.

— Que proposes-tu ? D'attendre que les choses se débloquent d'elles-mêmes ? Tu risques de patienter longtemps.

— Je vais entrer pour sonder ces fumiers.

Il devait à tout prix obtenir des informations et il ne voyait que ce moyen pourtant risqué.

— Ne dis pas que tu veux négocier.

— Juste pour la frime, en fait je veux avoir une idée de leur détermination et de leur organisation.

— Ils vont te retenir en otage ou t'abattre.

— Je verrai bien

— C'est tout vu oui.

Amir appela Mounir.

— Je vais entrer dans l'école. Tu prends le commandement, mais tu ne joues pas aux cow-boys. Compris.

— Ok, maugréa son camarade.

Amir prit une grande inspiration pour se donner du courage et pénétra dans l'école. Il frappa à coups sourds sur la porte de la classe retenue en otage tout en hurlant :

– Laissez-moi entrer ! Je voudrais négocier.

Il entendit du bruit, qu'on déplaçait un meuble. Il dut attendre plusieurs minutes avant que la porte ne s'ouvrît. Il se trouva alors nez à nez avec un revolver. Il mit ses mains en avant pour indiquer qu'il ne cachait rien.

Les identitaires le firent entrer et le fouillèrent soigneusement, mais il n'avait pas pris d'armes avec lui. Il n'avait aucune intention de jouer les James Bond. Il prit mentalement des notes, compta le nombre de terroristes et d'otages. Une étagère posée sur le côté avait visiblement servi à bloquer la porte, les mécréants étaient répartis en deux groupes. L'un, disposé près de la fenêtre, était prêt à repousser un assaut venant de ce côté. L'autre sécurisait la porte d'entrée et le mur côté couloir. Les petits étaient assis par terre autour de leur institutrice qui leur lisait une histoire, les mères d'élèves quant à elles se serraient sur un banc. Amir ne reconnut pas Léa, tout simplement parce qu'il n'avait aucune raison de penser que sa sœur serait là et qu'elle baissait la tête.

– Que veux-tu ? demanda François.

– Votre truc est sans issue, arrêtez-le avant qu'il n'y ait des morts.

— C'est tout ce que tu as à me dire.

— Ben ouais !

— Ce n'était pas la peine de te déplacer pour si peu ! Tu as lu notre tract ? Tu connais nos exigences ?

— Vous êtes dingues. Aucun musulman ne quittera la France suite à vos menaces à la con.

— Le pays tout entier va se soulever contre vous.

— Attends ! Tu es sérieux là ? Si tu crois vraiment à tes bouffonneries, tu es maboul.

— Bon, nous nous sommes maintenant tout dit !

— Je vous laisse une chance de vous retirer sans dommage. Vous laissez sortir la plupart des otages. Vous n'en gardez qu'un ou deux, juste pour vous permettre de quitter sans laisser de plumes notre quartier. Vous avez fait votre démonstration de force et obtenu ce que vous vouliez, alors foutez le camp.

— Laisse tomber ! Notre action n'est pas terminée.

— Tu as tort. Mon offre était généreuse.

Trop d'ailleurs, il ne l'avait faite que parce qu'il sentait qu'elle serait dédaignée. Et même si l'autre l'avait acceptée, il n'aurait pas quitté le quartier des Pléiades, sain et sauf.

— Je sors puisque tu as de la merde dans les oreilles.

S'il avait été à la place des mécréants, jamais, il n'aurait autorisé un visiteur à se retirer, vu les informations cruciales qu'il avait récoltées. Pourtant, François et ses amis ne s'opposèrent pas à son départ. Sans doute Amir avait-il été protégé inconsciemment par son statut de négociateur. François le raccompagna jusqu'à la porte en braquant son revolver sur sa tempe, prêt à tirer en cas de coup fourré, mais aucun piège n'avait été dressé par les islamistes. Alors qu'il sortait de l'école, Amir entendit qu'on remettait l'étagère derrière lui. Il se retrouva à l'air libre, étourdi et crispé. Tout le temps qu'avait duré cette folle excursion, il avait été tendu à l'extrême et shooté à l'adrénaline.

— Alors, lui demanda Béchir, tu as obtenu les renseignements que tu voulais ?

— Ouais. Si nous intervenons c'est le carnage assuré.

— Que fait-on ?

— Nous nous contentons de bloquer l'école. Ils auront vite faim. Ils n'ont pas amené de vivres. Nous les aurons à l'usure.

— Tu proposes un truc de gonzesse. Tu te dégonfles.

— Quand Salah nous rejoindra, il agira comme il l'entendra. Tant que je serai aux commandes, nous resterons prudents.

Il avait été obligé de hausser le ton pour faire taire le contestataire. Ces critiques ne le surprenaient pas : il n'avait pas le charisme de

Salah, il n'était que son pâle second. Il essaya de joindre à nouveau son chef. Cette fois-ci, ce dernier répondit à la dixième sonnerie.

— Merde je dormais ! Qu'est-ce tu veux !

— Des Kouffars sont entrés dans l'école maternelle. Ils ont pris des otages.

— De quoi parles-tu ?

Amir dut reprendre et détailler son exposé, néanmoins Salah ne semblait pas saisir la gravité de la situation. Peut-être avait-il absorbé de la drogue, ce qui expliquerait pourquoi il était resté si longtemps injoignable. Salah avait des mauvaises habitudes peu compatibles avec l'Islam.

— J'arrive, finit-il par concéder d'une voix pâteuse.

Serait-il en état de prendre des décisions ? Quand il eut raccroché, il informa Mounir et Béchir.

— Salah nous rejoint

— Ce n'est pas trop tôt ! Il va balayer ces bâtards.

— Salah prendra en compte comme moi le fait qu'ils ont des otages.

— S'il y a un peu de casse tant pis ! L'essentiel est de les neutraliser.

— Des gosses, ce sont des gosses, Béchir.

— Pourquoi tu ne places pas des gars dans le couloir en face de la classe, suggéra Mounir.

— Top dangereux, ils vont s'en apercevoir.

— Et alors ?

– Gare aux rétorsions ! Pour ma part, je ne prends pas le risque.

– Trouillard va ! se moqua Béchir.

– Attendez ! Voilà la bande à Byles qui rapplique.

Byles était l'un des rivaux de Salah. Si ce dernier dirigeait la milice la mieux armée et la plus nombreuse du quartier, d'autres groupements existaient à côté d'elles. Autrefois ces divers gangs s'étaient affrontés pour se répartir les territoires. Depuis deux ans, une fragile trêve était observée, chacune des bandes supervisant de loin le trafic de drogue dans une zone spécifique. Amir alla trouver le chef rival.

– Qu'est-ce tu fous ici ?

– Quand des musulmans sont attaqués, nous sommes là.

Amir réfléchissait à toute vitesse : devait-il chasser les hommes de Byles avant l'arrivée de Salah ou au contraire les accueillir en signe d'unité. Quelle que soit sa décision, il l'imposerait à son chef et cette responsabilité lui déplaisait.

– Ok vous pouvez rester, mais pas d'initiatives intempestives.

– Ne joue pas au grand chef avec moi, tu ne m'impressionnes pas. Et ton copain, Salah Zider, où est-il ?

– Il arrive !

– Il prend son temps, ricana Byles

Amir préféra s'éloigner ; accepter que les hommes de Byles prennent part au siège était un pari dangereux, mais comment faire autrement ? Ils n'allaient pas se battre avec eux alors qu'à côté des enfants étaient retenus de force. On ne rajoutait pas du désordre au désordre.

Amir craignait que Salah ne lui reproche son immobilisme. Aussi revint-il sur la proposition de Mounir qu'il avait rejetée dans un premier temps. Placer plusieurs hommes en faction dans le couloir devant la salle de classe était dangereux, mais un seul passerait inaperçu et pourrait se révéler décisif en cas d'évolution de la situation. Cependant, il fallait bien choisir la sentinelle, elle devait avoir les nerfs solides et avoir du bon sens.

Il passa en revue ses camarades : Reyanes paraissait le plus crédible pour tenir cette position. Il alla le trouver pour lui expliquer ce qu'il attendait de lui.

— Tu vas te glisser sans bruit dans l'école. Ils sont dans la première classe à droite. Tu montreras la garde devant, leur porte pour contrer toute tentative de sortie. Tu ne prends aucune initiative. Tu évites de faire du bruit. Je te ferai relayer au bout d'un certain temps. Tu prends une Kalachnikov avec toi, mais tu tournes trois fois ta langue dans ta bouche avant de t'en servir. Tu as compris ?

L'intéressé hocha la tête. Il ne semblait pas ravi du rôle qu'Amir voulait lui faire jouer.

Medhi Baskaff, esplanade devant l'école des Pléiades, 17 h 54.

Le journaliste commençait en avoir assez : il était devenu le correspondant de l'ensemble des médias, le seul qui donnait des informations en direct en revenant régulièrement à l'antenne des chaînes. Son patron exigeait qu'il reste ainsi en contact sans discontinuer. Peut-être avait-il négocié au prix fort les interventions téléphoniques de son reporter. Pour l'instant, aucun confrère ne l'avait rejoint. Ceux qui étaient arrivés à Saint Pierre n'avaient sans doute pas réussi à franchir les barrages tenus par les jeunes du quartier. Medhi répétait toujours les mêmes mots. En fait, il ne savait pas grand-chose, il ignorait le nombre d'otages, n'avait grâce au tract qu'une idée sommaire de l'idéologie des assaillants. Il avait remarqué le jeu des milices qui s'étaient déployées tout autour de l'école, mais n'avait pas eu le temps d'interroger leurs dirigeants pour obtenir des informations fraîches. Il savait également qu'un groupe d'enfants avaient été libérés, mais pris dans l'engrenage des conversations téléphoniques, il n'avait pas pu interviewer un des ex-otages et faire son métier.

Il en eut brusquement assez. Quand il eut fini de parler avec un journaliste d'Europe 1, il ne prit pas le prochain appel, mais s'approcha d'une femme qui était en pleurs

— Bonjour madame, votre enfant est-il retenu à l'école ?

Son interlocutrice fit non de la tête et s'éloigna rapidement de lui. Peut-être ne voulait-elle pas parler à un homme. Les règles de la charia étaient appliquées aux Pléiades. Il essuya plusieurs refus de femmes et se décida à interroger un homme qui brandissait un fusil-mitrailleur.

— Bonjour, comptez-vous vous servir de votre arme ?

— Tu es qui toi ?

— Un journaliste, j'essaye d'informer mes lecteurs.

— J'aime pas les baveux. Tu n'es qu'un cafard qui s'épanouit dans la merde.

Medhi préféra s'éloigner, il ne soutirerait aucune information à ce milicien. La sonnerie de son téléphone se fit insistante et il finit par décrocher.

Commissaire El Makrach, rue Durres, 18 h

Le commissaire avait beaucoup hésité avant d'enfiler sa tenue solennelle de commissaire, mais il avait estimé qu'il devait représenter et symboliser l'État français. Il s'approcha d'un groupe d'adolescents qui barraient la route.

— Vous me laissez passer, les jeunes ?

— Eh bâtard, qui es-tu ?

— Commissaire Ismaël El Makrach. Je voudrais me rendre aux abords de l'école maternelle des Pléiades.

— Dégage, tu n'as rien à faire chez nous. Tu n'es qu'un traître à ta race.

— La police nationale doit intervenir pour faire cesser la prise d'otages.

— Nos frères s'en occupent, ils régleront l'affaire. Nous n'avons pas besoin des nervis des Kouffars.

— Je vous préviens : je vais rester là, tant que vous ne m'aurez pas autorisé à passer.

— Tu perds ton temps.

Intérieurement le commissaire était humilié et en colère. Il s'était présenté seul, sans armes. Il était venu en quémandeur et on le rejetait sans ambages, en l'insultant. À travers lui c'était la République que ces jeunes à peine imberbes bafouaient.

Léa, école des Pléiades, 18 h 02

Elle n'en pouvait plus de se taire, de les voir s'enfoncer dans leur délire, de craindre pour la vie de son ami. Elle se leva brusquement sans bien réfléchir à ce qu'elle faisait.

— François, tu aurais dû accepter l'offre de mon frère. Comme il te l'a dit lui-même, elle était généreuse. Maintenant, vous arrêtez de faire les andouilles et vous vous retirez pendant qu'il est encore temps

Kévin se précipita vers elle.

— Tais-toi, la voilée ; regagne le banc à côté des autres et tiens-toi tranquille.

Il la saisit par le bras pour l'obliger à reprendre sa place.

— C'est la fille de tout à l'heure ! s'exclama Didier. Elle était dans notre local à faire la leçon ou je ne sais quoi à François.

Noël grogna :

— C'est quoi cette histoire de dingues. François tu fricotes avec une islamiste ?

— Elle n'est qu'une camarade de classe. Ne vous mettez pas martel en tête.

— Attends ! elle est la sœur du mec qui nous a rendu visite ? Bizarre. Cette histoire ne sent vraiment pas bon, glapit Francis.

François éleva le ton :

— Arrêtez de goberger. Il n'y a rien de caché ou de malsain. Cet après-midi, elle est venue me sermonner, me dire tout le mal qu'elle pensait de notre association, enfin le prêchi-prêcha habituel à ce type de fille. Je ne comprends vraiment pas ce qu'il lui est passé par la tête pour me faire un tel cinéma alors qu'on se connaît à peine.

Léa eut mal au cœur en l'entendant nier leur relation particulière. Pourtant, elle en aurait fait autant de son côté.

— Elle en pince pour toi, remarqua narquois Bastien.

François rougit. Il était arrivé aux mêmes conclusions. Léa eut un geste fou : elle retira son voile, en dépit des mères d'élèves qui pourraient la dénoncer à son frère. Sans doute, voulait-elle gommer son côté islamiste pour mieux se faire entendre des camarades de François.

— Ouvrez les yeux, hurla-t-elle ! Vous êtes coincés dans cette pièce sans pouvoir en sortir. Autour de vous toutes les Pléiades sont mobilisées. Quels sont vos objectifs ? En avez-vous seulement un ?

— Nous voulons délivrer un message clair « la valise ou le cercueil ». À partir du 27 juin, tout musulman qui restera en France, courra le risque d'être abattu.

Léa leva les yeux au ciel :

— Des conneries oui ! En tout cas, vous ne tuerez personne après le 27 juin, car vous serez bientôt massacrés si vous ne changez pas de stratégie.

— La France ne se purgera que par la guerre civile ; nous serons le fort Sutter de cette dernière.

— C'est quoi cette histoire de fort Sutter ? s'enquit Greg.

— Un fort nordiste qui a été bombardé par les sudistes, ce qui a déclenché la guerre de Sécession.

— Écoute François, reprit Léa. Tu es un gars intelligent, mais là tu es à côté de la plaque. Tu vis dans une réalité parallèle. Qu'as-tu prévu à la fin ?

Tu ne vas pas nous cloîtrer des jours et des jours ici. Nous n'avons même pas de WC à notre disposition. Nous ne pouvons pas soutenir un siège.

L'institutrice avait dû improviser des toilettes dans un seau pour soulager les enfants. Il en résultait une odeur nauséabonde.

— J'ai un plan, t'inquiète ! Jusqu'à présent tout se déroule comme je le souhaitais.

Léa secoua la tête, incrédule.

— Mieux vaut entendre cela que d'être sourde. Cesse de planer, François.

— D'ailleurs, je vais passer à la phase 2.

Il se tourna vers la mère d'élève qui n'était ni celle dont il avait épargné le fils ni celle qui portait la tenue intégrale des islamistes.

— Vous allez sortir et vous transmettrez l'ultimatum suivant. Je veux qu'un journaliste nous rejoigne pour nous interviewer, un journaliste avec une vraie carte de presse. Il a un quart d'heure pour se présenter.

Il regarda sa montre.

— À 18 h 20, si personne n'est venu, j'abats un des enfants.

— Non, hurla l'institutrice.

— François tu ne vas pas faire cela, gémit Léa.

— Comment être pris au sérieux sinon ?

La jeune femme ne le croyait pas capable d'une telle horreur. Il bluffait, il reculerait au dernier moment.

— En tuant un gosse ? Tu débloques.

— La ferme, tu nous saoules.

— Vous ne tuerez aucun de mes enfants, il faudra m'abattre avant, avertit l'enseignante.

— Que tout le monde la boucle à la fin, hurla François exaspéré.

Il se tourna vers celle qu'il avait désignée :

— Sortez pour délivrer mon message. Allez dépêchez-vous.

La femme se leva tandis que Bastien et Noël entreprirent de déplacer l'étagère qui bloquait la porte.

Amir, esplanade de l'école des Pléiades, 18 h 06.

Amir entendit du bruit et de l'agitation. Salah arrivait et ses hommes l'acclamaient. Il en ressentit de l'amertume, car ces cris prouvaient que son propre leadership était peu apprécié. Son chef s'approcha de lui, l'air renfrogné.

— Merde ! Tu n'aurais pas pu me prévenir avant ?

— Je n'ai fait que cela te téléphoner. Tu ne répondais jamais. Demande à nos gars si tu ne me crois pas.

Salah eut un geste de dénégation.

– Je n'ai rien entendu.

Il parlait d'une manière saccadée, anormale. Ses yeux étaient cernés. Il avait dû absorber une cochonnerie quelconque.

– Ils sont 10, ils retiennent 13 enfants et 4 femmes. Ils sont retranchés dans la première salle de classe à droite en entrant dans l'école. Leur armement est rudimentaire, une kala, un fusil de chasse, 3 revolvers. Ils n'ont aucune provision de quelque sorte. Leur situation va vite devenir intenable. Le temps joue pour nous. J'ai placé Reyanes dans le couloir devant la porte de la classe pour la surveiller.

Amir avait donné très vite ces renseignements pour montrer qu'il n'avait pas chômé en attendant son chef, mais celui-ci ne parut pas impressionné.

– Chaque minute qui passe est une victoire supplémentaire pour ces salauds. Ils ont frappé un grand coup, expliqua-t-il sur un ton saccadé. À nous de riposter intelligemment. Tu as convoqué tous nos gars ?

– Oui, ils sont à peu près tous là.

– Sélectionne en dix parmi les plus dégourdis.

– Ok

Il s'éloigna de son chef pour remplir sa mission

Reyanes, école des Pléiades 18 h 08.

Quand il entendit du bruit dans la classe qu'il surveillait, l'islamiste sentit son cœur s'accélérer.

Visiblement on bougeait un meuble. Reyanes braqua son fusil-mitrailleur sur la porte et mit son doigt sur la détente. Il était prêt à tirer si cela se révélait nécessaire. L'incident ne dura qu'une poignée de secondes, mais ces dernières parurent très longues au jeune homme. Le chambranle s'ouvrit et le temps s'étira jusqu'à infini avant que n'apparaisse une femme aux cheveux couverts d'un foulard.

Il abaissa son arme et mit précipitamment son doigt sur la bouche pour signifier à l'otage libérée de se taire et de ne pas dévoiler sa présence aux terroristes. Elle hocha la tête pour indiquer qu'elle avait compris et sortit en se pressant.

L'adrénaline reflua et Reyanes se détendit. Il avait été à deux doigts d'ouvrir le feu quand la porte de la classe s'était ouverte tant il avait eu peur. Il aurait alors provoqué une bavure.

Amir, esplanade de l'école des Pléiades, 18 h 09.

À peine Amir s'était-il éloigné de Salah, qu'il entendit des clameurs. Une femme sortait de l'école sans nul doute relâchée par les identitaires. Il se précipita vers elle pour la soustraire aux étreintes de ceux qui la félicitaient et l'amener à son chef à fins d'interrogatoire.

— Alors ma sœur, pourquoi les mécréants t'ont-ils autorisée à sortir ? lui demanda-t-il.

Il subodorait qu'elle servait d'émissaire.

— J'ai un message : ils veulent qu'un journaliste entre dans la salle de classe pour les interviewer, un qui possède bien sa carte de presse. Si à 18 h 20, personne ne les a rejoints, ils tuent un enfant.

Salah éclata d'un rire bizarre.

— Les rats exigent. Ils ne doutent de rien.

— Je crois qu'un seul journaliste est arrivé, je vais vérifier.

— Non ! Reste là.

Amir le regarda, surpris.

— Mais le temps presse.

— Ce n'est pas notre problème.

— Tu prends le risque qu'ils tuent un gosse ?

— Nous n'allons pas leur servir la soupe.

La mère d'élève intervint timidement.

— Attention ! Ils vont vraiment abattre un gamin si on ne satisfait pas à leur exigence.

— Et alors ?

Amir fut choqué par la réponse désinvolte de son chef, pourtant il n'osa pas se rebeller ; la femme se mit en colère :

— On a pas le choix ! Il faut leur envoyer le journaliste.

— On ne cède rien à ces bâtards.

La mère s'éloigna outrée et se dirigea vers la masse compacte qui stationnait en face de l'entrée de l'école.

— Où est le représentant de la presse ? hurla-t-elle.

Salah s'énerva :

— Fais-la taire, ordonna-t-il à son adjoint.

Medhi Baskaff s'approcha de la mère.

— Je suis reporter à la voix de l'Oustrélie, se présenta-t-il.

— S'il vous plaît, entrez dans l'école afin de les interviewer.

Amir saisit le bras de la mère et le tordit. Il était mal à l'aise, il n'approuvait pas son chef, tout en lui obéissant docilement.

— La ferme, enjoignit-il à sa victime.

Mais celle-ci ne se laissa pas intimider.

— Si aucun reporter ne les rejoint, ils tuent un enfant. Je vous en supplie, entrez.

— Toi, le journaleux ne bouge pas, menaça Amir. Ne te mêle pas de cela !

— Ne l'écoutez pas. La vie d'un gosse est en jeu.

Dépassé par la résistance de la femme, le frère de Léa la gifla pour la faire taire. Elle se mit à sangloter et à gémir. Autour d'eux des commentaires indignés fusèrent et une foule hostile se rapprocha d'Amir. Il préféra se retirer vers Salah qui en colère avait observé la scène.

— Tu as laissé dégénérer la situation : tu es vraiment un incapable, lança-t-il à son adjoint.

Il avisa deux de ses hommes qui étaient armés chacun d'une Kalachnikov.

– Suivez-moi.

Il marcha d'un pas peu assuré vers les contestataires. Il était toujours sous l'effet de la drogue qu'il avait consommée.

– Dispersez-vous immédiatement !

Il avait prononcé ces mots d'un ton à la fois furieux et pâteux. Un murmure de peur et de colère mêlées se fit entendre alors que la foule refluait.

– J'abattrai quiconque entrera dans l'école ! Compris ?

Satisfait de son intervention, il tourna le dos aux parents d'élèves et s'éloigna. Il entendit soudain un bruit de course et un claquement. Le temps qu'il se retourne, il vit que la porte de l'école se refermait.

– Que s'est-il passé ? demanda-t-il

– Le journaliste est entré, je crois, l'informa Amir.

– Le fils de pute !

Il cligna des yeux et sentit une douleur vriller dans sa tête. Il se frotta les yeux avec les doigts.

– S'il ressort, son compte est bon, éructa-t-il.

Medhi Baskaff, école des Pléiades, 18 h 12.

Il s'était précipité sans réfléchir, en occultant l'avertissement de l'islamiste. Il sentait qu'il tenait un scoop, quelque chose qui le lancerait. En outre, comme les identitaires menaçaient d'abattre un enfant, il avait le sentiment de ne pas avoir le choix, qu'il était pour des raisons morales obligé d'entrer.

Il affronterait les conséquences de son acte en sortant.

Reyanes fut surpris de le voir et hésita sur la conduite à tenir. Il avait entendu, assourdis, les mots furieux de Salah interdisant à quiconque d'entrer. Fallait-il neutraliser celui qui violait cette consigne au risque de se faire repérer par les identitaires ? Amir lui avait enjoint de ne pas prendre d'initiatives et pour finir il n'intervint pas. Il renseigna même d'un mouvement de main le journaliste quand celui-ci lui demanda d'un geste où se trouvaient les otages.

Medhi frappa sur la porte en élevant la voix :

– Ouvrez ! Je suis journaliste.

L'étagère fut une nouvelle fois poussée et il fut accueilli par un fusil-mitrailleur et un revolver pointés sur lui. Les terroristes se méfiaient d'un coup fourré, d'une attaque camouflée sous la visite d'un reporter. Ils le firent entrer et se dépêchèrent de pousser le meuble derrière lui. Ils le palpèrent soigneusement avant de baisser les armes.

– Avez-vous une carte de presse, lui demanda un des identitaires, un homme grand, vêtu d'un jean et d'une chemisette blanche avec des étoiles noires, qui semblait diriger le groupe.

Medhi fouilla dans son portefeuille. Heureusement, il avait emmené avec lui son attestation.

— La voix de l'Oustrélie, remarqua son interlocuteur visiblement déçu. C'est mieux que rien.

— J'ai des contacts avec l'ensemble des médias. Je suis le seul journaliste présent aux abords de l'école.

— Ok.

Medhi sortit son téléphone.

— Vous permettez que j'utilise la fonction caméscope de mon smartphone ? Pour ne rien perdre de ce que vous me direz.

Il pourrait négocier cher auprès des diverses télévisions cet enregistrement.

— Avez-vous lu mon tract ?

— Oui !

— Vous connaissez donc notre unique revendication : qu'avant le 27 juin, les musulmans aient quitté la France.

— Votre exigence est parfaitement absurde.

— Non ! Elle coule de source. La France blanche et chrétienne vomit les musulmans et les descendants fanatisés d'immigrés.

— Vous parlez de 20 % des Français.

— Je vous corrige. De 20 % des habitants actuels de l'Hexagone.

— Fais-je partie de ceux que vous voudriez expulser ?

— Cela dépend : êtes-vous musulman pratiquant ? Si vous ne jeûnez pas au ramadan, si vous n'allez jamais à la mosquée, vous pourrez rester.

— Je ne répondrai pas à votre question vu qu'elle est trop intime. Et comment vous positionnez-vous vis-à-vis des personnes de couleur.

— Nous n'avons rien contre ceux qui sont chrétiens et respectueux de nos lois.

— Avez-vous conscience d'êtes totalement isolés ? Personne ne vous suivra dans votre délire !

— Vous vous trompez totalement ! Nos opinions sont majoritaires et de loin chez les Français originels.

— Seriez-vous prêt à tuer un enfant au nom de vos idées ?

Le terroriste haussa les épaules :

— Je ne le ferai pas de gaieté de cœur, certes, mais si c'est nécessaire, je n'hésiterai pas.

— Comment une telle horreur pourrait-elle se révéler indispensable de votre point de vue ?

— Pour, entre autres, convaincre de notre détermination !

— Pourriez-vous dormir après une telle cruauté ?

— Sincèrement je ne sais pas.

— En étant prêt à tuer un gosse vous êtes un monstre.

— Je suis un patriote qui veut libérer son pays. La fin justifie les moyens.

— Votre discours est à vomir.

— Votre rôle n'est pas de me juger, mais de rapporter mes paroles.

— Vos demandes sont irréalistes. On ne transporte pas en un mois des millions de personnes hors d'un pays.

— Il existe des précédents : l'Algérie l'été de son indépendance a bien expulsé les Pieds noirs.

— Mais pas 10 millions de ses habitants.

— Tout est question d'échelle.

— En quelque sorte, vous voulez la revanche de la Guerre d'Algérie ?

— En effet ! Le monde entier a trouvé légitime qu'on arrache un million de nos compatriotes à la terre de leurs ancêtres sous prétexte qu'ils n'étaient que des colons. Pourquoi nous refuserait-on à nous les Autochtones Français le droit d'avoir notre pays pour nous seuls ?

— La situation actuelle n'est pas la même. Vous ne pouvez pas la comparer à un conflit lié à la décolonisation.

— Parce que nous ne sommes pas colonisés ? Occupés contre notre gré par des étrangers ?

— Sincèrement non. Votre comparaison tombe à plat.

— Votre réponse est celle des bien-pensants qui sont aveugles à la souffrance de notre pays et de son peuple originel.

— Envisagez-vous de libérer vos otages ?

— Tout dépendra de la restitution par les médias de nos propos.

Medhi se sentit mal à l'aise. Cette interview qu'il réalisait et qu'il allait vendre au plus offrant participerait à la propagande du terroriste. Heureusement, les exigences de l'identitaire étaient si absurdes qu'on pouvait les présenter au public sans risque qu'elles ne rencontrent un quelconque écho dans le pays.

— Parlez-moi de vous, essaya le journaliste. Pourquoi avez-vous été amené à nourrir des pensées aussi extrêmes ?

— Je suis un Français ordinaire qui un jour en a eu assez. La France est en ruines et j'ai décidé de me battre pour la régénérer.

— Votre langage est proche de celui des nazis.

— Je réfute cette comparaison débile. Nous désirons avant tout expulser les musulmans, pas les exterminer. Les Maghrébins ne sont pas des êtres inférieurs, ils n'ont juste rien à faire dans notre pays et doivent retourner dans le leur.

— Vous proposez d'abattre ceux d'entre eux que vous croiserez après le 27 juin ! Vous êtes donc partisan d'un génocide.

— Les musulmans seront responsables de leur sort s'ils négligent notre ultimatum.

— Vous inversez les responsabilités !

— Absolument pas.

— Comment peut-on devenir aussi intolérant ? Quelles études avez-vous faites ?

— Je ne vous répondrai pas. Je ne veux rien dévoiler qui puisse amener à me reconnaître. De même pour mes hommes.

— Avez-vous quelque chose à ajouter ?

— Il ne faut pas sous-estimer notre détermination et nous devons être pris au sérieux.

— En gage de bonne volonté, me permettriez-vous de sortir avec un enfant ?

Son interlocuteur resta silencieux pendant quelques minutes :

— D'accord, finit-il par concéder.

Il eut un geste ample.

— Choisissez votre petit protégé.

Medhi eut le vertige. Bizarrement il pensa au best-seller *le choix de Sophie*. Pourtant, les circonstances étaient autres, moins dramatiques.

Il s'agenouilla auprès d'une petite fille.

—Tu acceptes que je t'emmène avec moi ?

La fillette fit oui de la tête. Medhi lui prit la main et ils se dirigèrent vers la porte.

On poussa à nouveau le meuble ; au moment de quitter la pièce, le journaliste se retourna :

— Revenez sur terre : mettez fin à votre cirque.

Léa hocha la tête pour approuver ses paroles.

— Chaque chose en son temps, lui répondit le leader des terroristes.

Medhi sortit dans le couloir en tirant la fillette. Il marchait lentement. Il avait peur des conséquences de son acte puisqu'il avait défié le chef de la bande qui encerclait l'école. Quand il descendit les marches du perron, il entendit des cris de joie, sans doute parce qu'il ramenait une otage. La maman de celle-ci se précipita vers sa fille et la couvrit de baisers. Entre deux étreintes, elle se tourna vers le reporter pour lui signifier sa gratitude :

— Merci, merci, incapable de bredouiller autre chose.

— Donne-moi cela.

Salah Zider s'empara de la Kalachnikov d'un de ses hommes et s'approcha du journaliste. Il le regarda dans les yeux tout en passant sa langue sur ses lèvres.

— Alors, tu n'as pas entendu mon avertissement ?

Medhi préféra ne rien répondre.

— Et tu croyais t'en tirer sans dommage ?

Baskaff baissa les yeux vers le sol. Tous les regards étaient tournés vers eux.

— Laisse-le tranquille. Il a sauvé ma petite, hurla la mère de la gamine qui avait été libérée.

Salah arma son fusil-mitrailleur. Un bref silence suivit les détonations avant une explosion de fureur et de cris. Zider s'éloigna en fendant la foule qui s'écarta de peur devant lui. Amir était secoué :

jamais il n'aurait imaginé que son chef puisse se venger ainsi.

Une jeune femme en abaya se pencha vers Medhi. Il avait été touché au bras gauche et il perdait beaucoup de sang. Salah n'avait pas tiré pour tuer, juste pour punir.

Quelqu'un appela le SAMU, mais les secours ne pourraient sans doute pas arriver jusqu'au journaliste.

François, école des Pléiades, 18 h 35.

Quand ils entendirent le bruit caractéristique d'une rafale de Kalachnikov, les identitaires s'interrogèrent du regard.

— En position de combat, vite, hurla François.

Il redoutait une attaque contre leur réduit. Au bout de dix minutes, puisque aucune action n'avait suivi ces détonations, ils se détendit :

— Fausse alerte : c'était sans doute à un tir de joie suite à la libération de la gamine, conclut-il.

Commissaire El Makrach, rue Durres, 18 h 45.

Le commissaire, patiemment, était resté aux abords du barrage dressé et continuait sans succès à plaider sa cause. Parallèlement il suivait avec son téléphone l'évolution de la crise. Les autorités françaises étaient toujours hors-jeu. Quatre compagnies de CRS ainsi qu'une unité du GIGN étaient arrivées à Saint Pierre. Le ministre de l'Intérieur prônait une intervention pour entrer de force dans le quartier des Pléiades, mais la préfète et le sous-préfet freinaient des quatre fers. Ils craignaient qu'on ne tire sur les policiers avec des armes de guerre. Le commissaire approuvait leur analyse même si elle n'était pas flatteuse pour l'État français.

Son téléphone vibra :

— Commissaire El Makrach,

— Commandant Baudouin. Il y a un blessé grave devant l'école maternelle.

— Que s'est-il passé ?

— Les détails sont flous. Un islamiste aurait tiré sur un journaliste. Vous êtes toujours au barrage de la rue Durres.

— Oui, je n'ai pas progressé.

— Tentez de les convaincre de laisser passer une ou plusieurs ambulances sans qu'elles ne soient caillassées. Ce blessé risque de ne pas être le seul

— Je vais essayer. Envoyez les secours rue Durres. Il n'y a pas de voiture renversée pour bloquer la circulation.

Il coupa la communication et se rapprocha des jeunes qui bloquaient le passage.

— Il y a eu du grabuge à l'école maternelle.

— Et après ?

— Et si vous permettiez à une ambulance de passer.

— Hors de question ! Personne n'entrera chez nous ! Nous te l'avons assez répété.

— Le SAMU sauvera des vies musulmanes. Vous n'allez pas par entêtement laisser mourir des fidèles du Prophète sinon Allah vous en tiendra rigueur lors du jugement dernier.

Vu sa religion, il pouvait se permettre cet argument. Il sentit qu'il avait marqué un point, car ses interlocuteurs parurent hésiter.

— Quand ton ambulance arrive-t-elle ?

— Bientôt.

— Nous verrons quand elle sera là.

Il dut se contenter de cette promesse.

Salah, esplanade de l'école des Pléiades 18 h 50.

Amir le rejoignit suivi par une dizaine de ses hommes.

— Voilà les gars que tu m'as demandé de sélectionner.

— Ok, Mounir , tu prends le commandement. Vous allez aller dans les quartiers kouffars et vous ramènerez des gamins, afin que nous ayons nous aussi des otages.

— Quel âge souhaites-tu ? demanda Mounir.

— Des petits plutôt.

— Et si les parents résistent ?

— Tant pis pour eux. Nous n'avons pas à nous gêner avec les mécréants. Ils nous ont attaqué les premiers.

— Nous allons les trouver où tes gosses ?

— Dans les parcs ! Il fait beau. Ils sont sûrement de sortie. Débrouillez-vous ! Un conseil évitez les flics. Ils doivent être présents aux abords du quartier. Dispersez-vous pour ratisser large, mais dépêchez-vous. Les gosses vont bientôt rentrer pour manger.

Mounir s'éloigna avec ses camarades.

— Que comptes-tu faire de tes otages ? s'enquit Amir.

— Je veux une monnaie d'échange : j'en ai ras le bol qu'ils menacent d'abattre un de nos gamins sans que nous ne puissions leur rendre la pareille.

Le frère de Léa n'insista pas. Il était effrayé par la tournure que prenaient les événements. Salah était incontrôlable. Peut-être était-ce un effet de la drogue qu'il avait absorbée ? Peut-être que cette dernière levait ses inhibitions morales ?

Medhi Baskaff esplanade de l'école des Pléiades 18 h 55.

Une femme qui avait reçu une formation de premier secours avait posé un garrot de fortune au journaliste juste au-dessus du coude et le sang avait cessé de couler. Medhi avait mal, mais il serrait les dents pour ne pas crier de douleur.

Avec sa main valide, il sortit son téléphone et appela son patron :

— Je suis blessé, mais cela ira. Je continue.

— Attends : qu'est-ce tu as ?

— Rien de bien méchant des balles dans le gras du bras gauche, je pense.

— Tu n'es pas médecin. C'est peut-être plus grave que tu ne le penses.

— Écoutez, je suis le seul journaliste présent près de l'école. Je ne peux pas abandonner comme cela.

— Quand même ! Ne te prends pas pour un surhomme.

— Je vous envoie une vidéo. C'est du très lourd ! Vendez-la au mieux.

Il raccrocha trop épuisé pour continuer à discuter avec son rédacteur. Quand il appuya sur la touche *envoi* pour faire parvenir l'enregistrement de sa conversation avec le terroriste, il eut un serrement au cœur. Il aurait préféré négocier lui-même la rémunération des droits, mais il en était présentement incapable.

Commissaire El Makrach, rue Durres 19 h 02

L'ambulance s'arrêta juste avant le barrage et son conducteur descendit pour rejoindre El Makrach.

— Vous la laissez passer ? demanda le policier aux manifestants. Elle sauvera sans doute une vie.

Les jeunes se concertèrent du regard et l'un d'entre eux s'érigea en porte-parole.

— Qu'est-ce qui nous prouve que cette caisse n'est pas pleine de flics.

— Fouillez-la. Vous en aurez le cœur net.

— Ok !

Deux adolescents s'approchèrent et ouvrirent les portes du véhicule médical. Ils l'examinèrent méticuleusement, allant jusqu'à regarder sous le châssis pour le cas où un policier d'élite avait pris place sous le plancher de l'ambulance. Quand ils revinrent vers le barrage, le commissaire demanda :

— Alors ? Satisfaits par votre contrôle. Elle peut aller chercher le blessé ?

— On hésite encore !

— Pourquoi vous ne lui permettez pas de rejoindre l'école ?

— On se méfie.

— De quoi ?

— Rien ne nous dit que les deux infirmiers ne sont pas des flics déguisés.

— N'importe quoi ! Ne sombrez pas dans la paranoïa !

Un des jeunes qui jusqu'alors n'avait pas participé à la conversation, prit la parole.

— Ok pour l'ambulance, mais toi l'endimanché tu restes là.

El Makrach hocha la tête :

— Merci, l'essentiel est que le ou les blessés soient pris en charge.

Mounir, rue Barbusse, 19 h 10.

— Maintenant que nous sommes dans un quartier Kafir, nous allons former des petits groupes pour ratisser au mieux, ordonna Mounir. Attention ! Si vous rencontrez des flics, prenez vos jambes à vos cous. En aucun cas, vous ne restez au contact.

— Et si nous sommes avec des gamins ? Ta consigne reste la même ? s'informa un de ses camarades.

— Bien sûr. Au besoin abandonnez vos prisonniers. Je répète : je ne veux pas de confrontation avec les cops. D'autres questions ?

Personne n'avait rien à demander.

— Dès que vous avez deux ou trois otages, vous vous repliez et vous les ramenez à Salah. N'en capturez pas plus. Qui trop étreint mal étreint.

— Et si les parents résistent ?

— Tirez en l'air, donnez des coups de crosse. Impressionnez-les, mais évitez les bavures, compris ?

Il sonda du regard ses hommes, pour appuyer ses propos avant de former les groupes en nommant à chaque fois un responsable.

— Allez-y et qu'Allah vous protège.

Léa, école des Pléiades 19 h 12.

Léa bouillonnait intérieurement. Le journaliste était venu conformément aux desiderata de François, mais son ami n'avait pas pour autant relâché ses otages. N'y tenant plus, elle apostropha brusquement celui dont, malgré elle, elle s'était entichée :

— Qu'attends-tu maintenant ? Le journaliste t'a interviewé comme tu le souhaitais. Lâche du lest. Libère les gosses

— Avant de passer à la dernière phase de mon plan, je dois voir comment mon entretien est traité par les chaînes d'information. Si la couverture médiatique est inexistante, nous recommencerons, nous les forcerons à nous prendre au sérieux d'une manière ou d'une autre.

— Ne sois pas gourmand : contente-toi de ce que tu as obtenu.

— Si mon interview n'est pas diffusée, les résultats de notre action resteront invisibles. Nous n'avons pas pris tous ces risques pour si peu.

— Ouvre les yeux ! Ta situation est pourrie. Vous êtes assiégés par l'ensemble des Pléiades. Plus tu attends, plus tu auras du mal à décrocher en gardant des otages comme sauvegarde comme te l'a proposé mon frère.

— Ils nous laisseront filer. Ils auront trop peur qu'on tue un gamin.

— Non ! Mon frère et ses amis vont s'énerver de plus en plus. Si vous sortez dans deux heures, ils seront, de rage, enclins à intervenir sans réfléchir aux conséquences.

— Que nous décrochions maintenant ou plus tard ne changera rien.

— Redescends sur terre !

— Tu es lourde, Léa.

— Et toi, tu es sourd.

Ils se turent, ayant épuisé leurs arguments ; François n'était pas loin de penser comme son amie, qu'il était temps de conclure et de se dégager. Il hésitait à passer à l'ultime phase de son plan, la plus dangereuse, mais, par orgueil, il aurait souhaité auparavant obtenir une prise en compte correcte par les médias de ses revendications.

Mounir, rue Lamartine, 19 h 20

Mounir se mit brusquement à courir : il venait d'apercevoir des gamins qui jouaient au football sur la pelouse d'un petit parc.

— Abdallah ! Regarde là-bas, hurla-t-il au camarade qui l'accompagnait.

Les enfants ne détectèrent pas leur arrivée immédiatement. Pris par leur jeu, ils continuèrent à se disputer la balle, jusqu'à ce que l'un d'entre eux, aperçut les Kalachnikovs. Il cria alors affolé :

— Eh les gars ! Regardez ; ils ont des pétoires.

La partie s'arrêta, les gamins se rassemblèrent d'instinct, comme pour se protéger. Mounir s'approcha d'eux, en s'efforçant de sourire. Trois des garçons étaient blancs. C'était parfait ! Il les désigna du bras :

— Vous les aspirines vous nous rejoignez, les autres vous pouvez partir.

Les gamins restèrent figés de terreur. Mounir, agacé dut s'avancer et prendre les mains de deux de ceux qu'il voulait prendre en otage tandis qu'Abdallah faisait de même avec le troisième. Les enfants opposèrent une force d'inertie, mais les islamistes réussirent à les extraire du groupe.

— Plus d'histoires, vous nous suivez !

— Ou les emmenez-vous ? demanda hardiment un des gamins, à la peau noire.

— Si on te le demande, tu répondras que tu n'en sais rien. Maintenant, filez.

Ils hésitèrent encore un peu avant de s'égayer et de courir en direction de leur domicile.

Commissaire El Makrach, rue Durres 19 h 27.

Le commissaire décrocha

— Baudouin à l'appareil, nous n'avons pas tous les détails, mais des hommes armés enlèveraient des enfants.

— C'est quoi cette histoire de dingues ?

— Nous avons deux signalements d'incidents de ce type.

— Où se passent ces enlèvements ? Dans les Pléiades ?

— Non dans les quartiers alentour.

— Je préviens la préfète. Envoyez nos hommes patrouiller tous azimuts, mais qu'ils restent prudents puisque les activistes sont armés. Qu'ils ne prennent pas de réactions intempestives. Le but est d'empêcher de nouveaux enlèvements, pas de neutraliser les agresseurs. Je rentre au commissariat. Je serai plus utile là-bas.

Frédérick Larden, esplanade de l'école des Pléiades, 19 h 30.

Larden arrêta son ambulance à l'écart de la foule. Il voulait d'abord se rendre compte de la situation avant de s'avancer.

— Qu'est-ce qu'il vient faire ici ? marmonna Salah à Amir. Va te renseigner.

Son adjoint s'approcha nonchalamment du véhicule médical, la Kalachnikov à la main. Larden abaissa sa vitre pour lui parler.

— On nous a appelés pour un blessé par balles. Où se trouve-t-il ?

Amir le braqua avec son arme.

— Descendez immédiatement.

Surpris par l'accueil, les deux ambulanciers s'empressèrent d'obtempérer.

— Posez les mains sur le devant du véhicule et écartez les jambes.

Il les palpa à la recherche d'hypothétiques armes. Quand il eut fini, il se releva.

— Ok ! Voyons la voiture maintenant.

Il ouvrit les portes de l'ambulance et examina soigneusement l'habitacle. Son inspection terminée, il revint vers les deux hommes.

— Qu'est-ce qui me dit que vous n'êtes pas des flics ?

L'ambulancier soupira, il en avait assez d'être soupçonné.

— Nous ne sommes venus que pour le blessé.

— Et pour nous espionner !

— Mais non je vous l'assure.

— Avancez devant moi, mais les mains en l'air hein !

Il voulait les humilier. Salah s'esclaffa en les voyant arriver :

— Tu as fait des prisonniers ?

— Tu voulais des otages ? En voilà deux beaux, tout frais pêchés.

— Nous n'avons pas à être gardés contre notre gré. Nous ne sommes venus que pour emmener un blessé à l'hôpital, protesta Frédérick. Il y en a bien un ? Nos renseignements sont bons ?

— Oui, mais tu ne l'embarqueras pas ?

— Pourquoi ? Où est-il ?

— Sur les marches qui mènent à l'école mais vous ne repartirez pas avec lui, compris ?

— Laissez-moi l'examiner.

— Il mériterait que je te l'interdise.

— Nous nous occupons de tous les blessés des vôtres comme des autres. Aimeriez-vous que pour une raison ou une autre nous délaissions un de vos hommes ?

— Va le voir puisque tu y tiens. Amir accompagne-le pour le surveiller.

— Il n'est pas besoin de me fliquer. Je ne suis qu'un ambulancier et rien d'autre.

Écoeuré, Larden fendit la foule qui avait écouté l'échange en silence. Il s'approcha de Medhi qui était assis, livide, sur la plus haute des marches.

— Bonjour, sur une échelle de 1 à 10 à combien évaluez-vous votre douleur ?

— à 8.

Frédérick examina sa blessure et grimaça.

— Vous êtes salement atteint. Votre avant-bras est déchiqueté. Vous avez perdu beaucoup de sang. Il faudrait vous évacuer d'urgence.

— Il n'en est pas question ! Je dois rester. Je suis le seul journaliste à couvrir les événements.

— Vous n'êtes pas en état de continuer. Ne vous croyez pas indispensable, car nul ne l'est.

— Faites-moi une piqûre contre la douleur.

— Je vais vous en faire une, bien sûr, mais je vais exiger qu'on vous évacue.

— Tu n'as rien à exiger, intervint Amir, qui jusqu'alors n'était pas intervenu.

— Il doit être opéré d'urgence. Il risque une hémorragie fatale.

— Vous ne repartirez pas d'ici tant que l'opération n'est pas terminée ! Nous ne tolérons aucun espion dans cette phase.

Ils seraient amenés à prendre des décisions qu'il serait peut-être préférable de cacher dans un premier temps.

— Encore une fois, nous ne sommes que des ambulanciers. Je retourne voir votre chef.

— Il t'a déjà dit qu'il n'autorisera pas l'évacuation.

Sans tenir compte de son avis, Larden marcha à grands pas vers Salah.

— Le blessé est mal en point. Nous devons l'emmener d'urgence à l'hôpital.

— Il reste là pour l'instant. Tant pis pour lui. Il m'a nargué : qu'il en paie le prix

— Faites preuve d'humanité.

— Je l'avais prévenu. Il a joué au con. Il est responsable de ce qui lui arrive.

— Je vous en prie !

— Arrête avant que je ne me fâche et tu as vu ce qui arrive quand je suis énervé.

— Puis-je chercher ma trousse médicale dans l'ambulance ? Je souhaiterais faire une piqûre au blessé.

— Pfff !

— Je peux ? insista l'ambulancier.

— Vas-y. Amir continue à le surveiller. Il ne doit pas communiquer avec l'extérieur.

Larden haussa les épaules et se dirigea d'un pas vif vers son véhicule. Il trouva la trousse et l'ouvrit devant Amir.

— Il n'y a rien que du matériel médical, pas de revolver ou de téléphone ou je ne sais quoi.

Les soupçons des islamistes le révoltaient. Il se pressa de retourner vers Medhi, suivi par son geôlier.

Béchir, rue Cocteau, 19 h 35

Béchir désigna une famille blanche avec deux enfants à son camarade qui avançait sur le même trottoir qu'eux.

— Voilà pour nous !

Il s'approcha de ses victimes potentielles.

— Désolé, nous embarquons vos gosses, prévint hilare l'activiste.

La mère, apeurée, serra les gamins contre elle tandis que le père protesta :

— Il n'en est pas question. Foutez-nous la paix.

— Allez, ne nous obligez pas à devenir méchants.

La mère appela au secours ; le père s'interposant entre ses enfants et les deux islamistes, se mit en position de combat, prêt à boxer ses adversaires.

Béchir lui donna un coup de crosse dans le ventre qui le plia en deux.

— Ne joue pas aux héros, ok !

La maman, paniquée ne cessait de hurler. Deux CRS firent leur apparition en haut de l'avenue. Quand ils comprirent la situation, ils se précipitèrent au secours de la famille.

— N'avancez pas, hurla Béchir en abaissant le canon de son arme.

Négligeant son avertissement, les deux policiers continuèrent à avancer. Sans réfléchir, l'islamiste pressa la détente, fauchant d'une rafale, les deux CRS.

— Tant pis pour eux, marmonna Béchir.

— Merde ! glapit son camarade. Mounir ne voulait aucun incident avec les flics.

— Ce qui est fait est fait.

Il se tourna vers la mère :

— Tu as compris, maintenant tu donnes tes gosses ou tu préfères qu'on tire ?

La femme paralysée de terreur ne bougea pas, quand Béchir s'empara des mains de ses deux enfants.

— Vous deux suivez-moi sans pleurnicher, leur intima l'islamiste.

Il s'éloigna aussitôt avec ses deux otages

Commissaire El Makrach, avenue de la mairie 19 h 40.

Le policier était remonté dans son véhicule de fonction et se dirigeait vers le commissariat, quand il reçut un appel de son subordonné.

– Oui

– Deux CRS ont été touchés par des tirs lors d'un enlèvement d'enfants. L'un d'entre eux est mort, l'autre est blessé, mais a pu donner l'alerte.

– Merde ! Et les gosses ?

– Partis avec leurs ravisseurs.

– J'informe la préfète de ce grave incident. En attendant, avertissez nos patrouilles de n'aborder les agresseurs qu'avec prudence et pour ceux qui sont armés avec la main proche de la détente.

– Vont-ils au contact ?

– Qu'ils essayent avant tout de contrarier les enlèvements, mais sans faire courir de risque à personne. Nos hommes ne sont pas équipés pour la guerre civile. Je raccroche.

El Makrach était dépassé par l'ampleur prise par la crise. Il ne voyait pas comment faire face. En fait, l'État français n'avait pas les moyens de réagir.

François, école des Pléiades, 19 h 45.

François passait son temps sur l'écran de son smartphone, à passer d'un média à l'autre, traquant la façon dont on rendait compte de son action. Soudain il cria de joie :

— Mon interview est diffusée par BFM. Nous avons réussi.

Qu'importe qu'en dessous des images un bandeau prévenait de l'aspect insupportable et odieux de ses exigences.

Léa l'interpella aussitôt, rageuse :

— Vas-tu enfin relâcher tes otages ?

— Dès que nous avons pu nous extraire du guêpier. J'ai besoin d'eux pour sortir.

Elle ferma les yeux : le danger allait atteindre son paroxysme. Si les hommes de son frère s'opposaient au départ des identitaires, la vie des petits serait en danger. Elle marmonna :

— Sois raisonnable, François. Ne tue aucun enfant sur un coup de tête, retiens tes coups.

— Cela ne dépendra pas de moi ! Je te l'assure.

— Arrête de te cacher derrière les autres. Si un gosse est touché, tu en seras le principal responsable. C'est bien toi qui as organisé cette prise d'otages, juste pour pouvoir raconter des âneries à la télévision

Il voulut lui répondre, mais les mots se dérobèrent, car il jugeait qu'elle avait en partie raison.

Amir, esplanade de l'école des Pléiades 19 h 50.

Amir entendit soudain une pétarade qui lui fit tourner la tête. Mounir était de retour avec des prisonniers et avait salué son arrivée par une salve d'armes automatiques.

Il alla au-devant de son camarade.

– Trois beaux otages blancs, railla Mounir en présentant ses captifs. Nous sommes maintenant à égalité avec les rats.

Amir était mal à l'aise. Il n'admettait pas les méthodes des identitaires et n'était pas partisan de les imiter. Salah s'approcha, sourire aux lèvres :

– Beau travail !

– Comment vas-tu les utiliser ? s'inquiéta Amir.

– Cours à la mosquée emprunter un porte-voix

– D'accord.

Amir se sentit humilié d'être chargé de cette tâche secondaire, mais il n'osa pas la confier à un de leurs hommes. Il partit aussitôt, sa Kalachnikov en bandoulière.

François, école des Pléiades 19 h 52.

– Madame, ordonna François à l'institutrice, vous allez sortir et prévenir ceux qui sont dehors que nous allons partir avec les enfants. Que personne ne nous barre la route, sinon nous ne répondons de rien. Nous les relâcherons sans dommage quand nous serons en sécurité, hors des Pléiades. Une fois que vous aurez expliqué nos intentions, vous reviendrez ici. J'ai besoin de vous pour calmer les gamins. Si vous nous faussez compagnie, j'abattrai un gosse, c'est clair pour vous ?

Il l'avait choisie, car de toutes les femmes présentes, elle était la plus susceptible de revenir. Il avait déjà relâché deux otages adultes et ne voulait pas se démunir plus. Il avait hésité à charger Léa de cette mission, mais quelle confiance pouvait-il lui accorder ? En outre qu'elle fût la sœur de celui qui commandait les islamistes, compliquait les choses. L'enseignante hocha la tête, terrorisée.

— D'accord, balbutia-t-elle. Je pars tout de suite ?

— Oui.

Une nouvelle fois, ils poussèrent le meuble qui bloquait l'entrée.

Béchir, esplanade de l'école des Pléiades 19 h 55.

Béchir était agacé par les réticences de ses deux petits prisonniers, qu'il avait tirés par la main tellement ils étaient effrayés. Il était content d'être arrivé. Il accéléra le pas pour s'approcher de Salah.

— J'ai dû tirer sur des flics, l'informa-t-il peu fier de lui.

– Tu as dû ? Tu n'avais vraiment pas d'alternatives.

– Je les ai prévenus de ne pas s'approcher. Ils n'avaient qu'à me prendre au sérieux.

– Tu les as touchés ?

– Oui, ils ont mordu tous les deux la poussière.

Salah fut un instant contrarié avant de hausser les épaules. En s'emparant d'otages, il avait défié les autorités françaises. Abattre des policiers ne changeait rien sur le fond. De toute façon, que pourraient lui faire ? Les flics étaient des loups dépourvus de crocs.

Élisabeth Burynski, école des Pléiades, 19 h 59.

L'enseignante hésita en découvrant Reyanes dans le couloir, mais ce dernier mit un doigt sur la bouche, pour l'avertir de se taire. Il ne voulait pas être repéré. En même temps, de l'autre main, il invita l'institutrice à sortir.

L'institutrice poussa d'une main tremblante la porte extérieure de l'école. Elle avait peur ; le repli des terroristes avec ses élèves serait périlleux pour ces derniers. Elle devait convaincre ceux qui cernaient l'école de ne pas intervenir. Elle cligna des yeux tant le soleil était encore lumineux avant de descendre les marches, d'un pas mal assuré.

Des mères et des pères de ses élèves se précipitèrent vers elle pour obtenir des nouvelles de leurs enfants. Ils parlaient tous en même temps et elle ne répondit que partiellement aux questions posées. Mounir vint la chercher sur ordre de Salah.

— Venez avec moi, lui ordonna-t-il

Elle le suivit, à la réprobation des parents des petits otages qui auraient préféré qu'elle continue à discuter avec eux.

— Est-ce vous qui commandez ici, demanda Élisabeth à Salah, quand elle le rejoignit.

— On peut dire cela, répliqua Zider.

Il cligna des yeux et secoua la tête dans un tic nerveux, effrayant l'institutrice.

— Il n'est qu'un chef parmi d'autres, intervint Byles. Mes hommes ne lui obéissent pas.

Il venait enfin de recevoir des renforts et se sentait plus assuré vis-à-vis de Salah. Jusque-là il avait suivi de loin les dialogues de son rival, avec la mère libérée, avec l'ambulancier sans se mêler à ces conversations, car sa bande ne faisait pas encore le poids.

— Ne te fais plus gros que tu n'es, ricana Salah. Rappelle-toi la grenouille qui a explosé en voulant imiter le bœuf.

La fable afférente de la Fontaine entendue alors qu'il était en CM1 l'avait marqué. Il ne restait pourtant pas grand-chose de son passage à l'école et au collège.

— Suis-je en présence de tous les responsables ? s'inquiéta l'enseignante. Y en a-t-il d'autres ?

— Il n'y a que moi d'important, se vanta Salah. Il ne compte pas.

— Cesse de tirer la couverture à toi, protesta Byles.

— Ils vont sortir avec les enfants. Ils vous demandent de ne pas intervenir, de les laisser partir. Ils nous relâcheront quand ils seront en sécurité.

Salah éclata d'un rire tonitruant, inquiétant.

— Ils rêvent.

— Je dois retourner auprès d'eux. Que dois-je leur dire ?

— Viens avec moi !

Elle le suivit jusqu'à l'endroit où ses hommes gardaient les gamins raflés dans les quartiers des mécréants.

— Tu vois, j'ai moi aussi des otages.

Élisabeth pâlit. L'angoisse la saisit.

— Ne mettez pas la vie des petits en danger, je vous supplie.

— Dent pour dent, œil pour œil, affirma sentencieusement Zider.

Il interpella méchamment Amir qui revenait avec un mégaphone.

—Viens par ici, toi.

Son adjoint s'approcha, penaud.

— Tu as mis un temps fou pour accomplir la mission que je t'avais confiée.

— L'imam a dû chercher le porte-voix chez lui.

— Tu me fatigues avec tes excuses.

Il s'empara du mégaphone, fit quelques essais de voix, avant de cracher.

— Les rats qui vous terrez en vous protégeant derrière nos gosses, écoutez-moi bien. Vous n'avez plus le monopole des ultimatums. Je vais en poser un à mon tour. J'ai aussi des otages, sept gamins blancs et j'en aurais bientôt d'autres. Libérez trois enfants…avant 20 h 15, sinon j'égorge un de mes prisonniers.

Il avait consulté sa montre et hésité sur la longueur du délai à laisser. Les parents d'élèves se lamentèrent à haute voix dès qu'il se tut. Une maman se précipita vers lui et l'agrippa par la manche :

— Laisse les petits mécréants tranquilles ; si tu touches à un seul de leurs cheveux, ils vont abattre un de nos gosses en représailles.

Byles fit chorus :

— Tu es malade de vouloir buter un de tes prisonniers. Si tu passes à l'acte, les Kouffars ne te le pardonneront jamais. Ils vont employer l'armée pour t'éliminer !

— Tu as peur pour tes petits trafics, Byles ?

— Ce n'est pas là la question ! Il existe des limites à ne pas dépasser. L'islam interdit de s'en prendre à des enfants sans défense.

Salah excédé posa le mégaphone par terre et s'empara de la Kalachnikov d'Amir. Il commença par tirer une rafle en l'air, avant d'aboyer.

— Que tout le monde la ferme je ne veux plus entendre la moindre critique, c'est clair ?

Malgré sa démonstration de force, la foule continua de gronder. Il abaissa alors son arme et tira en visant au ras des têtes. Les balles ricochèrent contre la toiture de l'établissement scolaire

— La ferme répéta-t-il en colère, les yeux fous.

Salah paraissait suffisamment perturbé pour tirer dans la foule ; un silence relatif s'établit que brisa l'enseignante :

— Puis-je rentrer auprès de mes élèves ? Je crains qu'ils ne s'en prennent à l'un d'entre eux si je ne reviens pas.

— Ok vas-y et fais ton rapport, qu'ils comprennent que nous sommes plus déterminés qu'eux.

L'institutrice hocha la tête, accablée. Elle fendit la foule qui s'écarta respectueusement devant elle. En grimpant les marches qui menaient à sa classe, elle se demanda qui étaient les plus fous des identitaires ou de ceux qui cernaient l'école

François, école des Pléiades, 20 h 05.

L'enseignante craqua à peine revenue dans sa classe. En larmes, elle expliqua :

— Ils ont capturé des enfants blancs ; ils exigent que vous libériez avant 20 h 15 trois de vos petits otages sinon il égorge un de leurs prisonniers. Leur chef a l'air déterminé.

Elle était à peine audible tellement elle parlait d'un ton suraigu, submergée qu'elle était par l'émotion.

— Léa, demanda François, ton frère serait-il vraiment capable de mettre sa menace à exécution ?

La jeune femme pâlit.

— Ce n'est pas lui qui commande dehors actuellement. Amir est incapable d'une telle horreur. Je pense que tu as affaire maintenant à Salah Zider, le dirigeant de la bande à mon frère. Lui est suffisamment tordu pour lancer un ultimatum aussi sanguinaire.

— Et il irait jusqu'au bout ?

— Je crois que oui.

— Il ne reste que dix minutes, libérez trois enfants. Je les conduis dehors et je reviens aussitôt.

— Certainement pas !

— Vous condamnez un gosse à être égorgé !

— Si je cède, ce Zider continuera à me faire chanter jusqu'à ce que j'aie relâché tous vos enfants. Je ne vais pas me dépouiller de ma seule sauvegarde sans contrepartie.

— François, intervint Léa, tu paies le prix de ton action et tu es pleinement responsable de ce qui arrive. Tu as commencé le premier à proférer ce type de menaces et tu reçois la monnaie de ta pièce.

— Je ne céderai pas ! Le faire reviendrait à capituler, répéta buté son ami.

— Je vous supplie, hurla Élisabeth effrayée. Faites un geste. Vous pourrez encore réagir s'il recommence son chantage après avoir relâché trois gamins

— Elle a raison, l'appuya Léa. Je sais bien qu'au fond de toi tu n'es pas un monstre et que tu es incapable de faire du mal à un enfant. Tes menaces ne sont que du bluff.

— Non !

— Le temps passe. Plus que huit minutes gémit l'enseignante.

François réfléchissait à toute vitesse pour se sortir du piège.

— Et vous les gars qu'en pensez-vous ? demanda-t-il à ses hommes.

— Libère en trois, commenta Bastien. On verra par la suite…

— Non, le coupa Noël. Ne cédons rien, car ils nous prendraient pour des sans couilles.

Les interventions de leurs autres camarades fusèrent toutes en même temps dans un brouhaha confus. En faisant le décompte des opinions émises, François se rendit compte que ses hommes étaient partagés en deux camps d'égale importance. Pour finir, lui seul déciderait de la réponse à donner à l'ultimatum.

— Bon, trancha-t-il en s'adressant à l'enseignante, vous allez ressortir avec un seul enfant, pas trois. Je ferai preuve ainsi de bonne volonté, sans me dégarnir trop. Choisissez celui que vous voulez emmener.

– Non ! Ce n'est pas mon rôle. Désignez-en un

Agacé, François s'approcha de la dernière petite fille qui restait et lui prit la main pour l'amener à son institutrice.

– Partez avec elle.

– Le compte n'y est pas, gémit Élisabeth. Ils vont se venger.

– Ils n'auront rien de plus.

– Je vous en supplie. Permettez que j'en emmène trois. Je leur expliquerai que vous n'irez pas plus loin.

– Non, ils prendront mon recul pour de la faiblesse. Ils continueront leur chantage.

– François, fais preuve de souplesse, l'implora Léa.

Les deux mères encore retenues qui jusqu'alors s'étaient tues firent chorus et supplièrent de relâcher le nombre requis d'otages

– Assez ! Madame, sortez avec cette fillette avant la fin de l'ultimatum. Les aiguilles tournent.

Élisabeth hésitait toujours.

– Allez ! la pressa François.

Elle se résigna alors que Bastien et Noël poussaient une nouvelle fois l'étagère qu'ils venaient pourtant de remettre en place.

Commissaire El Makrach, commissariat central de Saint Pierre 20 h 08.

Le policier salua brièvement ceux qui venaient d'apparaître sur l'écran de son ordinateur avant d'enchaîner en faisant le point sur la situation :

— Nous avons donc une prise d'otages à la maternelle des Pléiades qui continue à l'heure actuelle. Des milices d'autodéfense musulmanes cernent l'école tandis que des petits groupes interdisent d'entrer dans le quartier. Les islamistes ont capturé des gamins en otages et les ont ramenés aux Pléiades. Ils ne s'en ont pris qu'à des « Blancs » si vous me permettez l'expression. Ils veulent sans doute les utiliser comme monnaie d'échange.

— La question qui se pose est : que faisons-nous ? s'interrogea le sous-préfet.

— Nos options sont limitées, constata la préfète. Des renforts vont être acheminés d'urgence, mais pour l'heure nous ne disposons que de cinq compagnies de CRS et du GIGN.

— Si nous y allions au bluff ? Si nous massions nos hommes sur un point pour pénétrer en force dans le quartier et atteindre l'école, proposa El Makrach.

— Trop risqué, grimaça la préfète. Des excités n'hésiteront pas à tirer sur nos hommes, comme deux d'entre eux viennent de le faire. Nous déplorons un mort et un blessé je vous le rappelle. Le ministre de l'Intérieur me tanne pour que nous intervenions, mais il n'a pas pris la mesure du problème. Nos CRS ne sont pas armés, seuls vos hommes, El Makrach, ainsi que le GIGN le sont. Et encore leur armement est léger.

– Nous nous ridiculisons en ne faisant rien, gémit le sous-préfet.

– Je vous le concède ! Mais avons-nous le choix ? Nous allons recevoir l'appui de gendarmes parachutistes. Tant qu'ils ne seront pas arrivés, nous resterons en retrait, trancha la préfète. Je vais défendre cette position auprès du ministre.

– Quand ces gendarmes nous rejoindront-ils ? interrogea El Makrach.

– Ils font mouvement depuis leur cantonnement de Valence. Ils sont acheminés par voie aérienne jusqu'à la base de Saint Dizier. Le temps de faire la route.

– Encore cinq à six heures d'attente donc, d'ici qu'ils arrivent il y a de grandes chances pour que l'abcès soit crevé.

– C'est possible en effet, concéda la préfète.

– En tout cas, remarqua le sous-préfet, le ministère pourrait faire pression sur les médias ! Que le discours des identitaires soit relayé sur les antennes des chaînes continues d'information est intolérable.

– La censure n'existe pas en France et vous connaissez les mauvaises relations entre la presse et le gouvernement, soupira la préfète.

— Qu'un terroriste puisse faire tranquillement sa propagande à la télévision est anormal, gronda le commissaire.

— Il y a tellement de choses qui sont anormales en France de nos jours, vous savez, lui répondit tristement la préfète.

Élisabeth, école des Pléiades, 20 h 12

Tenant la fillette relâchée par la main, l'enseignante descendit les marches en baissant la tête. Elle était angoissée tant elle appréhendait la réaction de celui qui lui avait posé un ultimatum. La voix furieuse de Salah l'apostropha :

— Il en manque deux !

Elle s'empressa de le rejoindre après avoir remis la petite fille à ses parents.

— Ils refusent d'aller plus loin. Ils m'ont confié cette enfant en gage de bonne volonté, balbutia l'institutrice.

Salah reprit le mégaphone et hurla en rage :

— Il vous reste trois minutes pour libérer deux enfants.

Il entama un sinistre décompte :

— 180, 179,…

— Ils ne changeront pas d'avis. Je vous assure, bredouilla l'enseignante.

Elle essayait de trouver des arguments à donner, mais ne trouvait rien qui tienne la route. Son impuissance la consternait, lui broyait les entrailles.

– 124, 123, 122…

Elle craignait qu'à l'issue du décompte, il ne mette ses menaces à exécution. Elle chercha du regard Byles, car il était allé dans son sens tout à l'heure. Elle ne voyait aucune autre carte à jouer sentant bien que ses exhortations à la retenue qu'elle ne cessait de proférer ne seraient pas prises en compte par l'islamiste. Byles sentant qu'elle l'observait, se rapprocha de son rival.

– Ne joue pas au con ! Tu perdras tout à mettre les Kouffars en rage en égorgeant un de leurs gosses.

Mais Salah continua son sinistre compte à rebours.

– 68,67,66…

Élisabeth ferma les yeux. Elle se sentait vidée incapable d'émettre la moindre argutie pour s'opposer à l'inévitable.

–10,9,8,7,6,5,4 ,3,2,1. C'est fini.

Un sourire qu'Élisabeth perçut comme carnassier apparut sur ses lèvres. Il posa le mégaphone sur le sol et sortit un Opinel de sa poche.

– Non, hurla l'institutrice.

Sans réfléchir, elle se jeta sur Salah pour le désarmer, mais il la poignarda au thorax. La jeune femme porta la main sur sa blessure avant de lever sa paume devant les yeux ; elle était rouge de sang. Salah se dégagea et s'approcha d'un gamin ; il le saisit entre ses bras tout en appuyant la lame sur la gorge. Byles s'éloigna pour chuchoter des ordres à ses fidèles avant de revenir en brandissant un revolver qu'il dirigea vers la tête de son rival

— Jette ton couteau, ordonna-t-il.

— Tu ne m'impressionnes pas, gronda Salah. Tu n'auras pas le cran de tirer, car tu te ferais massacrer avec tes hommes.

Amir vint menaçant à la rescousse de son chef, mais Byles ne se démonta pas :

— Jette ton couteau, Zider, répéta-t-il.

Les membres des deux clans se toisaient, prêts à s'affronter, bien que les hommes de Byles fussent en nette infériorité numérique.

Byles abaissa son revolver pour tirer à bout portant sur la lame. Celle-ci se brisa en deux sans que le gamin immobilisé par Zider ne fût blessé. Byles profita de l'effet de surprise pour amener à lui l'enfant et le détacher de son bourreau. Il recula ensuite tout en tenant Salah en joue.

— Tu me remercieras plus tard de t'avoir empêché de commettre une bêtise, asséna-t-il.

Sans être inquiété par Amir qui n'osa pas s'interposer de peur qu'il n'abatte son chef, il rejoignit trois de ses hommes qui avaient libéré le reste des petits otages et les poussaient devant eux. Sur son signal, sa bande reflua aussitôt sur la gauche et se regroupa un peu à l'écart.

La foule des badauds qui avait regardé en silence la confrontation, se dispersa, la crainte de recevoir une balle perdue l'emportant sur la curiosité. Seuls restèrent les parents des prisonniers de François, mais ils se placèrent en retrait, le plus éloigné possible des deux groupes. Amir se rapprocha de Zider. Son chef n'avait pas été blessé, mais il écumait de rage.

— Je vais l'étrangler, marmonna-t-il plusieurs fois.

Il se mit à haleter, le regard fixe.

— Massacrez-les ! finit-il par éructer

— Qui ? demanda Amir.

— Les merdes de Byles, connard.

— Nous n'allons pas nous entre-tuer, alors que les mécréants détiennent nos enfants, protesta Amir. Nous réglerons nos comptes quand les Kouffars auront été neutralisés.

— Il faut les buter sans attendre !

— Pas tout de suite, plus tard, insista son adjoint. Nous nous vengerons quand nous aurons récupéré les gosses.

— Donne-moi ta kala !

— Non !

Il devinait que son chef voulait se servir de son arme pour entamer les hostilités avec le clan rival.

— Tu me le paieras, bredouilla Salah

Amir était effrayé de s'être opposé aussi violemment à Zider, mais il ne voyait pas ce qu'il aurait pu faire d'autre. Salah prit à partie ses hommes.

— Eh camarades ! Réglez leur compte à Byles et à ses chiens, hurla-t-il.

— Plus tard, répliqua Amir. Nous n'allons pas nous entre-tuer entre musulmans alors que l'ennemi détient nos gosses.

Leurs hommes se regardaient entre eux, indécis sur la conduite à tenir.

— Butez-les, les encouragea Zider.

Amir s'aperçut que Béchir avait mis en joue leurs adversaires avec sa Kalachnikov. De peur qu'il ne tire, il se précipita vers lui et abaissa le canon de son arme avec sa main

— Calme toi, lui enjoignit-il.

L'attitude résolue d'Amir l'emporta : ses camarades se regroupèrent autour de lui, peu désireux de commencer une guerre fratricide.

— Que faisons-nous ? lui demanda Mounir.

— Nous continuons le siège. L'objectif prioritaire est d'obtenir la libération des gosses.

— Nous avons perdu nos otages, gronda Béchir. Il faudrait les récupérer pour pouvoir peser sur les Kouffars.

— Et comment ? Sois réaliste c'est impossible sans casse.

— Byles s'en sort à bon compte !

— Il paiera la facture, je te l'assure, dès que cette histoire sera terminée.

Salah se rappela au souvenir de ses hommes :

— Massacrez-les, éructa-t-il une nouvelle fois.

Amir sentait ses camarades partagés, sur le fil du rasoir. Il ne faudrait pas grand-chose pour qu'ils basculent du côté de Zider, même si visiblement ils répugnaient à commencer une guerre civile.

— On aura les Kouffars quand ils sortiront avec les gamins, promit Amir. On ne les laissera pas repartir comme si de rien n'était. Après nous nous occuperons de Byles. Prenez position tout autour de l'école. Il faut encercler et surprendre les mécréants.

Il se demandait comment ils feraient pour les neutraliser en dépit des petits otages qu'ils détiendraient, mais il n'allait pas faire part de ses doutes à ses camarades.

Frédérik Larden, esplanade de l'école des Pléiades 20 h 10.

L'ambulancier s'était précipité au chevet d'Élisabeth. Sa blessure était mal placée, dans la région du cœur. Elle haletait, elle avait du mal à respirer. Elle continuait à perdre du sang.

— Je ne vais pas mourir ? hoqueta-t-elle.

— Non, mentit Frédérick.

Pourtant, il voyait que la vie se retirait au galop de la jeune femme et il était impuissant à arrêter cette glissade.

— Mes enfants, parvint-elle à articuler avant de sombrer dans le coma.

Il lui prit son pouls. Le cœur était arrêté. Il commença aussitôt un massage cardiaque pour le relancer, tout en sachant l'inanité de ses efforts.Il s'acharna en vain. Son collègue qui l'avait rejoint le relaya un instant. Hélas, Élisabeth ne se réveillait pas.

— Elle est morte, finit-il par admettre au bout d'un quart d'heure.

Il ressentait toute l'absurdité de ce décès et il appréhendait l'avenir ; Élisabeth risquait d'être la première d'une longue liste de victimes et il y avait peu de chances d'éviter un carnage.

François, école des Pléiades, 20 h 20.

Depuis la salle de classe où ils étaient retranchés, les identitaires entendaient d'une manière assourdie les bruits de l'extérieur. Ils avaient perçu les youyous des femmes saluant la libération de la fillette, puis les menaces de Salah proférées au mégaphone ainsi que son sinistre décompte.

Léa relayée par les deux mères encore otages avait alors supplié François d'obtempérer, en vain. Il avait répété qu'il n'avait pas le choix, sans en être lui-même convaincu. Il était découragé, indécis, se demandant quelle était la meilleure stratégie pour se sortir du guêpier dans lequel il s'était fourré.

Quand Zider annonça *2,1* en précisant *C'est fini.* François sentit la culpabilité l'écraser de tout son poids. Il serait le responsable de l'égorgement d'un enfant, il regretta de ne pas avoir cédé, mais il était trop tard.

Accablé, il attendit le retour de l'enseignante qui allait annoncer l'insoutenable. Il entendit des hurlements qu'il ne comprit pas, les bruits d'une détonation, d'autres cris toujours indistincts.

Il prit alors conscience qu'ils ne pouvaient plus se terrer dans cette salle et qu'il leur fallait sortir pour affronter leur destin.

— Pourras-tu te regarder en face dans une glace, François Détain ? l'accusa soudain Léa. Tu as probablement tué un enfant.

— Ce n'est pas sûr, se défendit-il, mal à l'aise. Attendons le retour de l'institutrice.

— Zider est suffisamment fou pour être implacable.

— Je n'ai pas tenu le couteau ou le revolver dont s'est peut-être servi ce dingue.

— C'est tout comme.

— Que fait l'enseignante ? pesta-t-il.

Il voulait à tout prix avoir des nouvelles de l'extérieur.Il ne comprenait pas pourquoi Élisabeth ne revenait pas. Qu'elle abandonne ses élèves lui paraissait inimaginable. Lui était-il arrivé malheur ?

El Makrach, commissariat de Saint-Pierre, 20 h 25.

Dès que le visage de ses interlocuteurs apparurent sur son écran, le commissaire jeta :

— Des témoins nous ont téléphoné pour nous donner des informations et exiger une intervention de notre part.

— Pour quelle raison ? interrogea la préfète.

— Il y a du grabuge. Si nous avons bien compris, deux bandes seraient présentes aux abords de l'école. L'une menaçait d'égorger un enfant si des otages n'étaient pas libérés. Les identitaires n'ont pas cédé, mais la deuxième bande serait intervenue pour empêcher l'exécution. Depuis, les deux groupes se regardent en chiens de faïence. L'institutrice qui avait été libérée provisoirement aurait été poignardée. Elle serait entre la vie et la mort.

— Notre inaction devient problématique, reconnut le sous-préfet.

— Nous devrions tenter quelque chose, avança le commissaire.

— Je maintiens ma position : nous attendrons les gendarmes parachutistes.

— Regroupons nos compagnies de CRS et perçons à partir de la rue Durres jusqu'à l'école. Il n'y a que cinq cents mètres à parcourir.

— Les bandes autour des Pléiades sont bien armées ?

— Oui, d'après les témoins et lourdement.

— Nous sommes incapables de les affronter, trancha la préfète. Si nous intervenons, nous aggraverons la situation sans peser sur le dénouement.

El Makrach eut honte de l'impuissance de la France, incapable de mobiliser des forces suffisantes pour assurer la sécurité publique. On ne pouvait plus compter sur une bonne partie des unités des CRS, tant les grèves du zèle étaient importantes. Constitutionnellement on n'avait pas le droit de faire appel à l'armée pour réprimer des troubles intérieurs. Lors d'un récent vote à l'assemblée, la droite qui soutenait le recours aux militaires pour rétablir l'ordre et mettre au pas les banlieues rebelles, avait été mise en minorité. Le pays se délitait et rien ne semblait plus arrêter sa course vers l'abîme.

Frédérick Larden, esplanade de l'école des Pléiades 20 h 26.

L'ambulancier alla chercher une couverture de survie pour recouvrir le cadavre d'Élisabeth. Il retourna ensuite s'occuper de Medhi Baskaff.

— Comment vous sentez-vous ? s'enquit-il.

— Pas très bien ! Enfin, le garrot a l'air de tenir. Je ne perds plus de sang apparemment.

— En effet, cependant vous avez besoin d'une transfusion en urgence. Vous êtes blanc comme un linge.

Medhi était furieux, car on lui avait confisqué son portable. Il ne pouvait plus communiquer avec les médias alors que les événements ne cessaient d'évoluer et que la demande devait être très forte pour savoir ce qui se passait à l'école. Le fait d'être incapable de joindre ses confrères le préoccupait plus que sa blessure.

— On ne fait plus attention à nous. Profitons-en. Je vais vous aider à vous installer dans l'ambulance. Là je vous poserai une perfusion pour vous soutenir

—D'accord, allons-y.

François, école des Pléiades, 20 h 30.

— Elle ne reviendra plus, trancha François.

L'enseignante avait-elle déserté et refusé de revenir rendre compte ? Ou lui était-il arrivé quelque chose ?

— Tant pis, nous nous passerons de son aide, ajouta-t-il. Nous allons sortir sans prévenir ceux qui nous assiègent.

— Tu es responsable de la mort d'un enfant, l'attaqua Léa. Ne fais rien qui puisse aggraver ton bilan.

— S'ils nous laissent quitter le quartier sans intervenir, tout se passera bien.

— Ne compte pas sur les autres, prends tes responsabilités.

— Je n'ai pas le choix, Léa !

— Tu peux te rendre plutôt que de mettre des gamins en danger, maugréa-t-elle.

— Tais-toi, la coupa Noël qu'insupportaient ses gémissements. Tes copains nous liquideront si nous ne nous servons pas des gosses comme bouclier.

Les enfants étaient en pleurs comme s'ils se rendaient compte que leurs vies étaient en jeu. Les deux dernières mères gardées en otage essayaient de les consoler et de les distraire sans réussir à calmer leur chagrin.

— Sortez les mains en l'air avec les gamins. Ne vous obstinez pas, leur enjoignit une voix dans le mégaphone.

— C'est mon frère qui parle là et non Zider, leur apprit Léa.

— Est-ce bon signe ? demanda Bastien.

— Si c'est lui qui commande, il vous remettra aux flics si vous vous rendez.

— Tu ne peux pas le garantir ! pesta François. Si nous nous mettrons à la merci des islamistes, ils risquent surtout de se venger. Je refuse de jouer nos vies sur un coup de dés et de toute façon, il est hors de question de nous livrer sans combattre.

— Tu as obtenu ce que tu voulais, le morigéna Léa. Les médias ont évoqué ton ultimatum comme tu l'exigeais. Tu as rempli tes objectifs. Tu peux te rendre.

— Soyez raisonnables. Sortez avec les enfants et les mains en l'air, répéta la voix dans son mégaphone.

— Que fait-on ? s'inquiéta Bastien.

— Nous allons tenter de forcer le passage en nous servant des otages.

— À la bonne heure, s'exclama Noël.

— Je vous préviens. Je ne pourrais pas tuer un gosse, avoua Marc.

— Eh bien, on te dispensera de cette corvée, décida François. Qui est à part Marc est réticent ?

Six mains se levèrent.

— Bien je vais en tenir compte. Ceux qui sont prêts à aller jusqu'au bout seront armés en priorité.

— Renonce François, protesta Léa. Tes camarades sont plus humains que toi.

— Léa, nous essaierons de passer au bluff. Je ne tiens pas non plus à avoir la mort d'un gamin sur la conscience. Je veux juste tenter ma chance.

— Tu ne tireras pas donc ? l'interrogea Léa pleine d'espoir.

— Je ne le ferai que si c'est nécessaire.

— Il est impossible qu'une telle horreur soit à un moment nécessaire, répliqua la jeune femme sur un ton cinglant.

— Bastien, vérifie si le couloir est libre.

On poussa à nouveau l'étagère sur le côté avant que Bastien n'ouvrît la porte et ne passa la tête. L'identitaire apercevant Reyanes se dépêcha de rentrer dans la classe.

— Un type monte la garde, apprit-il à ses camarades.

— Il est seul ?

— Oui.

— Nous allons sortir avec les gosses, prévint à haute voix François. Que personne ne nous mette des bâtons dans les roues, d'accord.

Il referma la porte de la classe pour donner ses instructions.

— Je vais ouvrir la marche avec un otage que je mettrai en joue. Me suivront Noël et Paulo chacun avec un autre gamin, puis vous alternez, les femmes et les enfants qu'on ne braquera pas et les camarades non armés. Luc et Didier fermeront le ban avec des gosses.

— Les enfants qu'on ne braquera pas ! protesta Léa. Te rends-tu compte de l'horreur de tes propos ? Menacer de tuer un petit gamin est au-delà de l'abjection !

— Encore une fois ! Nous n'avons pas le choix ! répliqua François.

— Bien sûr que si tu as le choix. Laisse-moi négocier avec mon frère votre sauvegarde.

— Tes tractations seront illusoires. Ils nous promettront n'importe quoi pour que nous nous rendions, mais ils ne tiendront pas parole.

— Je t'en supplie, permets-moi d'essayer.

— Suffit Léa !

Le cortège se mit en place dans la confusion. Léa refusa la place qu'on lui attribuait et se plaça résolument derrière François.

— Je te surveillerai et je serais ta conscience, lui chuchota-t-elle.

François ouvrit la porte et s'avança, il tenait son otage devant lui, son revolver étant braqué sur sa tête. Il éprouvait un sentiment effroyable de honte et il sut dès le départ qu'il ne tirerait pas, qu'il en était incapable. Il avait néanmoins besoin de maintenir l'illusion de la menace pour forcer le passage. Reyanes n'avait pas bougé de place, il braqua sa Kalachnikov sur le tandem.

— Jette ton arme ou je butte le gosse, ordonna François.

— Non, implora Léa. Je t'interdis de tirer.

— Allez, pose ton arme sur le sol, insista l'identitaire. Tu pourras ensuite sortir devant nous.

Reyanes hésitait.

— Obéis, s'impatienta François.

L'islamiste jeta à contre-cœur sa Kalachnikov aux pieds de François qui se pencha pour la récupérer tout en continuant de surveiller son adversaire. Il la donna en arrière pour équiper un de ses hommes.

— Place-toi devant moi et avance, ordonna François à Reyanes.

Celui-ci obtempéra, mais s'arrêta devant la porte extérieure de l'école.

— Ouvre-la !

L'islamiste s'exécuta, sans tenir le chambranle. Celui-ci se referma au nez de François. Quand l'identitaire sortit à son tour, Léa sur ses talons, il constata que Reyanes s'était réfugié derrière ses camarades.

— Pas un geste ou je bute le gamin, prévint François.

— Non, hurla une femme qui devait être la mère de l'enfant. D'autres lui firent chorus.

Il descendit les marches lentement tout en regardant soigneusement autour de lui. Intérieurement, il était paniqué et angoissé. Il jouait son va-tout sans filet de protection, puisqu'il avait décidé quoiqu'il arrive de ne pas mettre sa terrible menace à exécution.

— Byles, rends-moi mes otages, éructa Salah.

Amir aperçut brusquement sa sœur.

— Fatima ! Que fais-tu là ? hurla-t-il.

— Laisse-les passer sans intervenir, supplia-t-elle. Laisse-les s'enfuir.

— Il est hors de question qu'ils s'échappent, avertit son frère.

Les parents suppliaient et gémissaient ; un couple essaya de s'approcher de l'identitaire pour récupérer son enfant.

— Reculez ou je tire, éructa François.

Les parents se figèrent. François descendit les marches de façon à permettre au reste de son groupe de se déployer.

— Halte, restez où vous êtes, prévint Amir.

— Nous allons avancer ; si vous nous bloquez nous abattrons un de nos otages, c'est bien clair pour tout le monde ? répliqua François.

— Non, je t'en supplie. Épargne les enfants, plaida Léa tout en lui saisissant le bras gauche.

Il se dégagea sans ménagement en grognant :

— Laisse-moi.

Il ajouta à l'intention d'Amir :

— Maintenant, nous allons avancer, annonça-t-il.

— Butez-les, éructa Salah. Si vous agissez vite, ils n'auront pas le temps de riposter.

Son intervention provoqua une vague d'indignations et de supplications. François fit un pas en avant en tirant par la main le gamin qu'il menaçait. Celui-ci pleurait doucement, fendant le cœur de l'identitaire. Il s'en voulait d'infliger une telle épreuve à l'enfant.

— Halte, cria Amir. Je tire si tu vas plus loin.

— Butez-les, vociféra à nouveau Salah

— Nous abattrons un otage, si vous faites les Marioles, prévint à nouveau François.

Léa bondit et se plaça devant son ami.

— Personne ne fera feu, hurla-t-elle d'une voix stridente.

Il la poussa doucement pour continuer à avancer.

— Fatima, écarte-toi ! Ne protège plus ce mécréant, ordonna Amir.

Il lâcha une rafale au-dessus des têtes.

— Restez calmes, ordonna François à ses hommes.

— Massacrez-les ! s'exclama Salah.

Joignant le geste à la parole, il bouscula un de ses hommes et lui arracha sa Kalachnikov. Il tira sur le groupe des identitaires sans prendre le temps de viser, fauchant Marc et un des gamins. Noël riposta aussitôt, tuant Salah d'une balle en plein front.

— Cessez le feu, gémit François.

Il ne fut pas entendu, il était trop tard. La fusillade continua, entretenue par les hommes de Zider, qui voulaient venger leur chef. François, de rage finit par vider le chargeur de son revolver sur la masse des intégristes.

— Replions-nous sur la classe hurla-t-il.

Il bondit en arrière entraînant les survivants de son groupe.

— Laisse le gosse, enjoignit-il à Noël qui commençait à se replier tout en tirant sur la main de son otage.

Boosté par l'adrénaline, François parvint sans encombre à se réfugier dans le couloir de l'école. Il fut rejoint par Léa et ses camarades encore en vie.

— Dans la classe, ordonna-t-il.

Ils refermèrent la porte derrière eux, illusoire protection contre les islamistes.

La fusillade avait cessé. On entendait les hommes de Zider s'interpeller et jurer devant les pertes. De l'équipe de François, il ne restait plus que Noël, Didier, Paulo, Francis et Luc, ce dernier étant blessé à la jambe. L'identitaire ferma les yeux, abasourdi par l'ampleur de la catastrophe. *L'opération* lui apparut sous son vrai jour, un raid téméraire et mal organisé qui ne pouvait qu'échouer ; chef incapable et incompétent, il avait mené ses hommes à l'abattoir.

Il regarda Léa, elle tenait son omoplate qui saignait.

— Pourquoi nous as-tu suivis ? Pourquoi n'es-tu pas restée dehors ?

Elle ne répondit pas, elle le fixa juste de ses yeux clairs et il comprit le message. Mais les sentiments de la jeune femme n'avaient aucun sens au vu du désastre qui les frappait. Réfugiés dans cette salle de classe qui ne constituait qu'un abri précaire bientôt submergé, elle liait son sort à des hommes promis à la mort, tout en trahissant le camp de son frère.

S'approchant d'elle il la prit dans ses bras tout en faisant attention à sa blessure. Elle laissa aller sa tête contre son épaule. Le contact physique avec ce corps juvénile fit monter en lui un désir inopportun que sublimait la peur de mourir.

— Tu n'as pas tué d'enfants, murmura-t-elle, je le savais depuis le début. Je n'ai jamais douté de toi.

Ni lui ni ses hommes n'étaient des assassins sans conscience. Ils avaient essayé de se faire passer pour des monstres capables du pire, mais cette image ne correspondait en rien à la réalité de leurs caractères.

Dehors on entendait les cris des islamistes et les râles des blessés. Bientôt l'ultime assaut serait lancé et ils mourraient tous. Mais présentement le temps était aboli pour François et Léa qui s'abandonnèrent à leurs amours impures.

Commissariat de Saint-Pierre 20 h 50.

Dès que ses interlocuteurs apparurent sur l'écran, El Makrach les interpella.

— Nous avons reçu plusieurs appels téléphoniques. Une violente fusillade a éclaté quand les identitaires ont essayé de sortir de l'école. Il y a de nombreux morts et blessés dans les deux camps. Des gamins seraient touchés. Les islamistes ont appelé eux-mêmes le SAMU. Toutes les ambulances disponibles convergent vers les Pléiades.

Le policier était en colère ; les autorités dont il faisait partie étaient restées passives face à la prise d'otages. Elles étaient par leur inertie responsables de la catastrophe qui venait de se produire. Il culpabilisait : que des gosses avaient été tués par sa faute le hanterait jusqu'à sa mort. Sur l'écran, la préfète eut une drôle de grimace.

— Vous n'avez aucun bilan pour l'instant à nous communiquer, je présume, s'enquit-elle froidement.

Le commissaire la détesta sur le moment pour cette remarque technocratique et dépourvue de chaleur humaine.

— Non, bien sûr. Il sera lourd : les témoins qui ont téléphoné parlent de carnage.

— Jamais je n'aurai pensé que la situation allait dégénérer à ce point.

— C'était pourtant prévisible.

— Nous n'avions pas les moyens d'intervenir, se défendit sa supérieure. En aucune manière, nous pouvions empêcher cette tragédie

Déjà elle ouvrait le parapluie pour se protéger, mais ce comportement semblait particulièrement odieux à El Makrach

— Nous aurions dû néanmoins tenter une percée vers l'école en regroupant nos forces.

– Nous ne pouvions exposer nos hommes aux tirs des milices.

– Quand les gendarmes parachutistes seront-ils là ?

– Dans quatre heures je pense.

– Nous pourrons alors ratisser les Pléiades et récupérer les armes.

Et compter les morts ! Et ramasser leurs cadavres. La faillite de la France était totale. Elle laissait des bandes s'entre-tuer et mener des guerres privées sans réagir, sans s'en mêler, signe d'une décomposition profonde et irrémédiable de la société.

École des Pléiades 21 h 10.

La fusillade reprit brutalement, les islamistes criblant de balles la salle de classe où le groupe de François s'était réfugié. Si les murs de pierre arrêtèrent les projectiles, les vitres volèrent en éclats. Les identitaires plongèrent vers le sol pour se protéger comme ils le pouvaient des débris et des tirs, François utilisant son corps comme bouclier pour abriter Léa tout en faisant attention à son épaule blessée.

Un premier cocktail Molotov explosa à quelques centimètres du couple, mais l'incendie ne se propagea pas et les flammes moururent. Il n'en fut pas de même du second qui mit le feu à une étagère. En quelques secondes la salle de classe s'embrasa.

— Il faut sortir, hurla François.

Léa était tétanisée par la peur, il dut la soutenir et la traîner pour gagner la porte de la classe qu'il ouvrit malgré la chaleur émanant de la poignée L'appel d'air frais attisa le brasier et François eut une brève pensée pour ses camarades qu'il venait de condamner à être carbonisés s'ils ne parvenaient pas à le suivre. Alors qu'ils arrivaient dans le couloir, un cocktail Molotov jeté par un assaillant qui avait ouvert la porte extérieure pour le lancer explosa à son tour. Ils se précipitèrent vers la sortie, mais en longeant le brasier provoqué par la bouteille remplie d'essence, l'abaya de la jeune femme prit feu et il se brûla les mains en arrachant le bas de la robe pour circonscrire le sinistre.

— Un dernier effort, l'encouragea François.

Ils poussèrent ensemble les portes battantes de l'école et débouchèrent à l'air libre. Pour montrer qu'il se rendait, il sortit son revolver de sa poche et le jeta au sol, mais il n'y avait nul pardon possible pour eux. Amir les mit en joue avec sa Kalachnikov hésita une poignée de secondes avant de les cribler de balles. François fut tué sur le coup, mais un filet de vie coulait encore en Léa quand Amir s'approcha d'elle. Il visa alors la tête et vida de rage son chargeur sur elle, la défigurant tant il ne supportait plus de voir ce visage miroir du sien qui venait de le défier.

Esplanade des Pléiades, 21 h 20

Frédérick Larsen annonça à ses passagers.

— Cela y est nous avons enfin le droit de vous conduire à l'hôpital. Ce n'est pas trop tôt.

Outre Medhi, l'ambulance avait chargé deux autres blessés graves.

— Les opérations sont-elles terminées ? demanda le journaliste.

— Je crois que oui, deux des identitaires qui avaient réussi à s'extirper des flammes ont été sommairement exécutés. Les autres doivent être carbonisés.

Medhi Baskaff regarda sa montre. Elle indiquait 21 h 22 ; si on plaçait le début de la prise d'otages à 16 h 30, elle avait duré au total quatre heures et cinquante-deux minutes. Il tenait le titre de l'article qu'il allait consacrer à cet événement « 4 heures 52 minutes » un condensé de violences qui se terminait dans un bain de sang, un épisode absurde provoqué par des irresponsables aux exigences démesurées.

Journal de Cnews 21 h 35

Le journaliste avait une mine de circonstance

— Mesdames, messieurs bonsoir. La prise d'otages de l'école des Pléiades n'en finit pas de provoquer des secousses. De nombreuses manifestations ne cessent de se produire parmi les populations musulmanes et des barricades sont apparues spontanément dans un grand nombre de quartiers. En outre, on assiste à des pillages et des incendies partout en France. En réaction, des embryons de milices sont en train de se former chez les non musulmans pour protéger les commerces et les bâtiments. On note également ici ou là des rassemblements favorables aux identitaires. Des banderoles portant le slogan « Musulmans, partez avant le 26 juin ! » ont même été aperçues.

Le gouvernement semble totalement dépassé et incapable de rétablir l'ordre. Le ministre de l'Intérieur vient d'annoncer la proclamation de l'état de siège, mais cela ne permettra pas d'octroyer des moyens supplémentaires aux forces de sécurité. On parle de convoquer l'Assemblée nationale afin de faire adopter le projet de loi permettant à l'armée d'intervenir, celui là même proposé par la droite et qui avait été rejeté le mois dernier. Messieurs qu'en pensez-vous ?

Le journaliste se tut, laissant la parole à un groupe d'invités, mais ceux-ci ne purent que dresser le constat du décès de leur pays, de sa plongée irréversible dans le coma. Comme l'avaient rêvé François et ses camarades, rien ne serait pareil après leur expédition.

Fin

www.ingramcontent.com/pod-product-compliance
Lightning Source LLC
LaVergne TN
LVHW050613200726
843508LV00010B/1832